T0179581

La chica que leía en el metro

Christine Féret-Fleury (1961) estudió letras y se dedicó a la investigación en la universidad antes de recalar en el mundo editorial, y concretamente en Éditions Gallimard. Su debut literario, el libro infantil *Le Petit Tamour*, fue publicado en 1997. Dos años después ganaría el premio Antigone con *Les vagues sont douces comme des tigres*, su primera incursión en la narrativa para adultos. Desde entonces, ha publicado más de veinte obras, entre las que destaca *La chica que leía en el metro*, cuyos derechos se han vendido a más de una quincena de países y que la ha consagrado como escritora a nivel internacional.

Nuria Díaz es licenciada en bellas artes por la Universidad de Vigo y tiene un máster en arte y comunicación. En un principio encaminó su carrera profesional hacia el diseño gráfico, disciplina en la que estuvo trabajando varios años. A raíz de ganar en 2010 el Premio Pura e Dora Vázquez de ilustración de la Diputación de Ourense, comenzó a hacer sus primeros trabajos en el ámbito de la ilustración, profesión a la que se dedica a jornada completa en la actualidad. Además de trabajar para el sector editorial y publicitario, aplica sus ilustraciones a productos originales que vende a través de su tienda online.

Para más información, visita la página web de la ilustradora: www.nuriadiaz.es

También puedes seguir a Nuria Díaz en Facebook e Instagram:
Nuria Díaz - Ilustración
@nuria_diaz

Christine Féret-Fleury

La chica que leía en el metro

Traducción de
Noemí Sobregués

Ilustraciones de
Nuria Díaz

DEBOLS!LLO

Para Guillaume y Madeleine, mis ediciones princeps...
*Y para ti, pequeño Robin, que viniste al mundo
cuando escribía las últimas frases de esta novela.
Que estos «amigos de papel» —los libros— te acompañen
fielmente para que te alegren y te consuelen
toda tu vida*

Yo, que me figuraba el Paraíso
bajo la especie de una biblioteca.

Jorge Luis Borges,
«Poema de los dones»

1

El hombre del sombrero verde siempre subía en Bercy, siempre por la primera puerta del vagón, y bajaba por la misma puerta en La Motte-Pic-quet-Grenelle exactamente diecisiete minutos después... los días en que las paradas, los pitidos y los golpes metálicos se sucedían a un ritmo normal, los días sin afluencia excepcional, sin accidentes, sin alertas, sin huelga y sin esperas para regular el tráfico. Los días corrientes. Esos días en los que te da la impresión de formar parte de una maquinaria bien engrasada, de un gran cuerpo mecánico en el que todo el mundo, le guste o no, encuentra su lugar y hace su papel.

Esos días en los que Juliette, protegida detrás de sus gafas de sol en forma de mariposa y la gruesa bufanda de punto que su abuela Adrienne le hizo a su hija en 1975 —una bufanda de dos metros y medio como mínimo, de un azul pálido, el de las cimas lejanas a las siete de la tarde en verano, pero no en cualquier parte, sino en las alturas de Prades mirando al Canigó—, se preguntaba si su existencia tenía más importancia en este mundo que la de la araña a la que aquella misma mañana había ahogado en la ducha.

No le gusta dirigir el chorro al cuerpecito negro y peludo, observar de reojo las delgadas patas agitándose frenéticamente y luego doblándose de golpe, ver al insecto arremolinarse, tan ligero e insignificante como una hebra de lana arrancada de su jersey preferido, hasta que el agua lo arrastra por el desagüe, que cierra inmediatamente con una palmada enérgica.

Asesinatos en serie. Las arañas subían cada día, emergían de las tuberías tras un periplo de orígenes inciertos. ¿Eran siempre las mismas, que, una vez proyectadas a oscuras profundidades difíciles de imaginar, en esas entrañas de la ciudad que parecen un inmenso criadero de vida bulliciosa y maloliente, se desplegaban, resucitaban y reemprendían una ascensión casi siempre destinada al fracaso? Juliette, asesina culpable y asqueada, se veía con los rasgos de una divinidad despiadada, aunque distraída, o casi siempre demasiado ocupada para cumplir su misión, velando de forma intermitente en la boca de acceso a los infiernos.

¿Qué esperaban las arañas, una vez con los pies secos, por así decirlo? ¿Qué viaje habían decidido emprender, y con qué fin?

Quizá el hombre del sombrero verde habría podido darle la respuesta, si Juliette se hubiera atrevido a preguntárselo. Cada mañana abría su cartera y sacaba un libro cubierto de un papel fino casi transparente, tirando también a verde, cuyas esquinas desplegaba con gestos lentos y precisos. Luego deslizaba un dedo entre dos páginas separadas por una tira del mismo papel y empezaba a leer.

El libro se titulaba *Historia de los insectos útiles para el hombre, para los animales y para las artes, a la que se ha adjuntado un suplemento sobre cómo destruir a los insectos nocivos.*

Acariciaba la encuadernación de cuero moteado y el lomo decorado con hilos dorados, donde el título destacaba sobre fondo rojo.

Lo abría, se lo acercaba al rostro y lo olía con los ojos medio cerrados.

Leía dos o tres páginas, no más, como un gourmet degustando pastelitos de nata con una cucharilla de plata. Su rostro esbozaba una sonrisa enigmática y satisfecha; la sonrisa que Juliette, fascinada, imaginaba en el Gato de Cheshire de *Alicia en el país de las maravillas*. Por los dibujos animados.

En la estación Cambronne, aquella sonrisa se desvanecía y daba paso a una expresión de tristeza y de decepción; doblaba el papel, volvía a meter la obra en la cartera y presionaba los cierres. Y se levantaba. Ni una vez había mirado a Juliette, que, sentada frente a él —o de pie, agarrada a la barra abrillantada cada día por cientos de manos enguantadas o no—, lo devoraba con los ojos.

Se alejaba a pequeños pasos, muy recto dentro de su abrigo abotonado hasta el cuello y con el sombrero inclinado sobre la ceja izquierda.

Sin aquel sombrero, sin aquella sonrisa, sin aquella cartera en la que encerraba su tesoro, Juliette probablemente no lo habría reconocido. Era un hombre como tantos otros, ni guapo ni feo, ni atractivo ni antipático. Algo gordo, de edad incierta, bueno, de cierta edad, como suele decirse.

Un hombre.

O mejor: un lector.

—La abeja, el gusano de seda, el quermes, la cochinilla, el cangrejo de río, los bichos bola, las cantáridas, las sanguijuelas…

—¿Qué dices?

Juliette, que canturreaba, se sobresaltó.

—¡Oh! Nada. Una especie de canción… Intentaba recordar los nombres…

—He recibido los resultados del diagnóstico de eficiencia energética del piso del bulevar Voltaire —le dijo Chloé, que no la había escuchado—. ¿Tienes tú el informe?

Juliette tardó un poco en asentir con la cabeza. Seguía pensando en el hombre del libro verde, en los insectos, en las arañas… Aquella mañana había ahogado dos.

—Dámelo. Voy a archivarlos —dijo.

Giró la silla, sacó una carpeta del archivador, que cubría toda una pared del despacho, e introdujo las hojas. Observó que el cartón era de un amarillo sucio. No podía ser más triste. La pared entera, deformada, llena de etiquetas que se despegaban por las esquinas, parecía a punto de caerle encima como una avalancha de barro. Juliette cerró los ojos, imaginó el chapoteo, las burbujas explotando en la superficie…, el olor, y se apretó con fuerza la nariz para reprimir las arcadas que le ascendían por la garganta.

—¿Qué te pasa? —le preguntó Chloé.

Juliette se encogió de hombros.

—¿Estás embarazada? —insistió su compañera.

—Para nada. Pero me pregunto cómo consigues trabajar delante de esto… este color es repugnante.

Chloé la miró con los ojos muy abiertos.

—Repugnante —repitió su compañera separando las sílabas—. Se te va la olla. Mira que he oído chorradas, pero te has superado. Solo son archivos. Son feos, vale, pero… ¿Estás segura de que te encuentras bien?

Juliette tamborileaba en la mesa con los dedos, a ritmo entrecortado: «La abeja, el gusano de seda, el quermes, la cochinilla, el cangrejo de río, los bichos bola, las cantáridas, las sanguijuelas…».

—Muy bien —contestó—. ¿Qué lees en el metro?

2

Estaba la anciana, la estudiante de matemáticas, el aficionado a la ornitología, el jardinero, la enamorada…, al menos Juliette la suponía enamorada por su respiración ligeramente entrecortada y por las minúsculas lágrimas que asomaban a sus pestañas cuando había devorado ya tres cuartas partes de su novela romántica, gruesos volúmenes con las esquinas dobladas a fuerza de haberlos leído y releído. En la cubierta se veía a veces a una pareja abrazada sobre un fondo rojo sangre, o el sugerente encaje de un sujetador. El torso desnudo de un hombre, un trasero, una sábana arrugada o un par de gemelos, con el título sobriamente destacado por la vara forrada de cuero de un látigo… y aquellas lágrimas que, hacia la página 247 (Juliette lo había comprobado lanzando una discreta mirada), surgían entre las pestañas de la chica, y luego resbalaban lentamente hacia el ángulo de su mandíbula mientras los párpados se cerraban y un suspiro involuntario le elevaba los pechos redondos, ceñidos en una blusa corta muy decente.

«¿Por qué la página 247?», se preguntaba Juliette siguiendo con la mirada un paraguas abierto que avanzaba a toda prisa por el andén de la estación Dupleix, protegiendo de la lluvia oblicua a toda una familia de la que solo podía ver las piernas, piernas pequeñas de terciopelo marrón, piernas grandes con vaqueros, piernas delgadas con mallas de rayas. ¿Qué sucedía en aquella página, qué repentina emoción irrumpía, qué desgarro, qué angustia que le oprimía la garganta, qué estremecimiento de voluptuosidad o de abandono?

Juliette, pensativa, tamborileaba con los dedos la cubierta de su libro, que, absorta en lo que observaba, apenas abría. El volumen de bolsillo con el canto manchado de café, con el lomo agrietado, pasaba de un bolso a otro, del bolso grande de los martes —el día que Juliette hacía la compra al salir de la agencia— al bolsito de los viernes, noche de cine. La postal entre las página 32 y 33 llevaba más de una semana sin moverse. El paisaje que mostraba un pueblo de montaña alzándose en la lejanía por encima de un mosaico de campos en tonos oscuros le hacía pensar en la anciana, la que siempre hojeaba el mismo libro de recetas y a veces sonreía como si la descripción de un plato le recordara una locura de juventud; y a veces cerraba el libro, apoyaba en él su mano sin anillos y observaba por la ventana las barcazas surcando el Sena o los tejados brillantes por la lluvia. El texto de la contracubierta estaba en italiano, centrado por encima de una foto en la que se veían dos pimientos de gran tamaño, un hinojo regordete y una bola de mozzarella en la que un cuchillo con mango de hueso había dejado un surco rectilíneo.

«La abeja, el gusano de seda, el quermes, la cochinilla, el cangrejo de río, los bichos bola, las cantáridas, las sanguijuelas… *Carciofi, arance, pomodori, fagiolini, zucchine… crostata, lombatina di cervo, gamberi al gratin…*» Palabrasmariposas que revoloteaban por el vagón abarrotado hasta posarse en las puntas de los dedos de Juliette. La imagen le parecía cursi, pero era la única que se le ocurría. Y además, ¿por qué mariposas? ¿Por qué no luciérnagas titilando unos segundos hasta apagarse? ¿Cuándo había visto luciérnagas? La verdad es que nunca. Ya no había luciérnagas en ninguna parte, se temía. Solo recuerdos. Los de su abuela, la que había hecho la bufanda. Y que se parecía a la anciana del libro de cocina, el mismo rostro blanco y apacible, las mismas manos un poco fuertes, de dedos cortos y en su caso con un solo anillo, la gruesa alianza que, año tras año, se había hundido en la carne hasta marcarla para siempre. La piel arrugada, salpicada de manchas, cubría el anillo, el cuerpo digería el símbolo, se deformaba en contacto con él. «Las luciérnagas —decía—, las luciérnagas son estrellas caídas. Yo era aún tan pequeña que no me dejaban quedarme despierta, y las noches de verano eran tan largas… El sol atravesaba las ranuras de las persianas durante al menos dos horas. Se deslizaba suavemente por la alfombra y subía por los barrotes de mi cama; y después, de golpe, la bola de cobre clavada en el techo empezaba a brillar. Sabía que me perdía lo más bonito, ese instante en que el sol se hunde en el mar, en que el mar parece vino, o sangre. Entonces me hacía un nudo en el camisón, ¿sabes? Muy apretado a la cintura. Y bajaba agarrándome al emparrado. Como un mono. Y corría hasta el final del campo, desde donde se veía el mar. Luego, cuando ya había oscurecido, me columpiaba en la cerca, que siempre dejaban abierta, detrás de donde se criaban los gusanos de seda… Allí las vi. Llegaron de golpe. O salieron de la tierra, nunca lo supe. Silenciosas, suspendidas en el aire, posadas en briznas de hierba… Me quedaba muy quieta, ni siquiera me atrevía a respirar. Estaba en medio de las estrellas.»

El metro reducía la velocidad. Sèvres-Lecourbe. Tres estaciones más, o ninguna, dependiendo del día y del humor de Juliette. Vibración metálica, pitido. Se levantó de repente y cruzó las puertas justo cuando se cerraban. Un trozo de la chaqueta se quedó atrapado entre las dos puertas, dio un tirón y se quedó inmóvil, algo jadeante, en el andén mientras el metro se alejaba. En el gris matinal, varias siluetas corrían hacia la salida, envueltas en gruesos abrigos. ¿Quién caminaba una mañana de febrero por el placer de vagar por las calles, distraído, observando la forma de las nubes, o curioso, fisgón, al acecho de una tienda nueva o de un taller de cerámica? Nadie. La gente iba de su casa con calefacción a su oficina con calefacción, se tomaba un café, comentaba bostezando las tareas del día, los cotilleos y las noticias, siempre deprimentes. Entre la estación en la que Juliette bajaba cada día y la puerta de la agencia solo había que cruzar una calle. Unos cuantos escalones, un trozo de acera y después, a la izquierda, los escaparates de una tintorería, de un estanco y de un restaurante de kebabs. En el del estanco, un árbol de Navidad de plástico, aún lleno de guirnaldas y de lazos de papel brillante, empezaba a coger polvo. El gorro rojo con pompón blanco en la punta, a modo de estrella, colgaba como un trapo mojado.

Juliette quería ver otra cosa. Se dirigió al plano del barrio situado en un extremo de la estación: avanzando por la primera calle a la derecha y girando luego también a la derecha en el segundo cruce, no tardaría más de diez minutos. Un paseo la haría entrar en calor. Ni siquiera llegaría tarde, apenas. De todas formas, Chloé abría la agencia. La chica era de una puntualidad enfermiza, y el señor Bernard, el dueño, nunca llegaba antes de las nueve y media.

Juliette empezó a andar a paso ligero, pero enseguida se obligó a aflojar el ritmo. Tenía que librarse de aquella costumbre de avanzar a toda prisa, con los ojos clavados en la meta a alcanzar. Nada emocionante la esperaba, nada: informes que rellenar y archivar, una larga lista de trámites aburridos, una visita o quizá dos. Los días buenos. Y pensar que había elegido aquel trabajo por eso.

¿Quién caminaba una mañana de febrero por el placer de vagar por las calles, distraído, observando la forma de las nubes, o curioso, fisgón, al acecho de una tienda nueva o de un taller de cerámica?

«Por el contacto humano», como especificaba el anuncio al que escribió, el contacto humano, sí, acercarse a los demás y leer en sus ojos sus sueños y sus deseos, incluso anticiparse a ellos, encontrarles un nido en el que aquellos sueños pudieran desplegarse, en el que los miedosos recuperaran la confianza, en el que los deprimidos volvieran a sonreír a la vida, en el que los niños crecieran protegidos de las ventoleras que los zarandean y desarraigan, y los agotados esperaran la muerte sin angustiarse.

Aún recordaba su primera visita, una pareja de treintañeros con prisa, les propuso tomar un café antes de entrar en el edificio; «necesito conocerlos mejor para delimitar sus expectativas», dijo con una seguridad que en aquel momento estaba muy lejos de sentir. «Delimitar sus expectativas», le parecía que la frase sonaba bien, la había leído en el fascículo que la dirección de la agencia entregaba a todos sus empleados, pero el hombre la miró de arriba abajo alzando una ceja y dio unos golpecitos en la esfera de su reloj con un gesto elocuente. La mujer, que consultaba sus mensajes en la pantalla de su smartphone, no levantó los ojos ni siquiera cuando subía la escalera, mientras Juliette, paralizada, recitaba la ficha que se había aprendido de memoria la noche anterior: «Piedra tallada y encanto de estilo hauss-maniano, observen las baldosas del vestíbulo, restauradas respetando las partes originales, tranquilidad absoluta, tienen ascensor hasta el cuarto piso, y vean el grosor de la alfombra de la escalera». Su voz le sonaba muy lejana, ridículamente aguda, una voz de niña que juega a ser mujer, se daba pena, y unas absurdas ganas de llorar le oprimían la garganta. La pareja recorrió el piso, de tres habitaciones que daban a un patio, a toda máquina, y Juliette los siguió sin aliento. Las palabras levantaban el vuelo, se atropellaban, «techos altos, molduras bonita chimenea muchos armarios parquet en punta de diamante es muy poco frecuente, posibilidad de hacer una habitación adicional, o un despacho, construyendo un altillo»… No la escuchaban, no se miraban y no hacían ninguna pregunta. Se armó de valor e intentó hacerles preguntas: «¿tocan el piano?, ¿tienen hijos o…?». Sin haber recibido respuesta, tropezó con un rayo de luz que cruzaba una placa de parquet cubierta de polvo, su voz cada vez más lejana, tan tenue que ya era imposible que la oyera nadie: «El piso da a ambos lados del edificio, es muy luminoso, con sol en la cocina desde las nueve de la mañana»… Ya habían salido y ella corría para alcanzarlos. En la calle tendió su tarjeta al hombre, que se la metió en un bolsillo sin echarle un vistazo.

Ya sabía que no volvería a verlos.

El grito de una gaviota devolvió a Juliette a la realidad. Se detuvo y alzó los ojos. El pájaro, con las alas desplegadas, describía círculos por encima de su cabeza. Una nube baja se deslizó por debajo de él, y su pico y su cuerpo desaparecieron; solo quedaron las puntas de las alas y aquel grito que resonaba entre las altas paredes. Se extinguió de repente. Una ráfaga de viento golpeó en el rostro a la chica, que se tambaleó. Miró a su alrededor desilusionada. La calle era lúgubre, estaba vacía, con edificios en los que el revoque, atravesado por grandes regueros de humedad, se desconchaba. ¿Qué había ido a buscar allí? Se estremeció, metió la nariz en la bufanda y siguió andando.

—¡Zaida!

La llamada parecía caer desde las alturas, pero la niña que corría hacia ella no hizo caso; ágil y viva, se coló entre las piernas de Juliette y un cubo de basura volcado que rebosaba plástico para reciclar, volvió a juntar sus delgadas piernas y siguió brincando por la calle resbaladiza. Juliette se giró para verla alejarse, falda con vuelo, jersey verde prado, dos trenzas que danzaban… y su mirada fue a parar a una gran puerta de metal oxidado que un libro —un *libro*— mantenía entreabierta.

En la puerta, una placa de metal esmaltado salida directamente de una película sobre los años de guerra, se dijo, había un cartel en grandes letras azules: LIBROS SIN LÍMITES.

3

Juliette avanzó tres pasos más, estiró el brazo y rozó las hojas deformadas por la humedad. Se humedeció el labio superior con la punta de la lengua. Ver un libro atrapado entre dos paneles de metal le dolía casi más que ahogar a una araña. Apoyó suavemente el hombro en la puerta y empujó; el volumen descendió un poco. Lo cogió y, aún apoyada, lo abrió y se lo acercó al rostro.

Siempre le había gustado oler los libros, olfatearlos, sobre todo cuando los compraba de segunda mano. Los libros nuevos también tenían olores diferentes según el papel y la cola utilizados, pero nada decían de las manos que los habían sujetado, de las casas que los habían albergado; aún no tenían historia, una muy diferente de la que narraban, una historia paralela, difusa y secreta. Algunos olían a moho, otros conservaban entre sus páginas un rastro tenaz de curry, de té o de pétalos secos; manchas de mantequilla ensuciaban a veces la página en la que se había interrumpido la lectura; una hierba larga, que había hecho funciones de punto de lectura una tarde de verano, caía pulverizada; frases subrayadas o notas al margen formaban, de forma velada, una especie de diario íntimo, un esbozo de biografía, a veces el testimonio de una indignación o de una ruptura.

Aquel olía a calle: una mezcla de óxido y humo, de guano y de neumáticos quemados. Pero también, sorprendentemente, a menta. Unas ramas se desprendieron de entre las páginas, cayeron sin hacer ruido, y el perfume se hizo más intenso.

—¡Zaida!

De nuevo la llamada, el sonido de una carrera; Juliette sintió un cuerpo tibio chocando con el suyo.

—Perdón, señora.

La voz, sorprendentemente grave para una niña, expresaba sorpresa. Juliette bajó los ojos y encontró una mirada castaña, tan oscura que la pupila parecía haberse ampliado a las dimensiones del iris.

—Vivo aquí —dijo la niña—. ¿Puedo pasar?

—Claro —murmuró Juliette.

Dio un torpe paso a un lado, y la pesada puerta empezó a cerrarse. La niña la empujó con las dos manos.

—Por eso mi padre siempre deja un libro —explicó en tono paciente—. El picaporte está muy duro para mí.

—Pero ¿por qué un libro?

La pregunta surgió como un reproche. Juliette sintió que se ponía roja, cosa que hacía mucho que no le pasaba, y menos ante una cría de diez años.

Zaida —qué nombre tan bonito— se encogió de hombros.

—¡Ah, los libros! Dice que son cucos. Gracioso, ¿no? Como los pájaros. Tienen tres o cuatro páginas iguales seguidas, no están bien hechos, ¿lo entiendes? No se pueden leer. Bueno, no se pueden leer bien. Déjame ver este. —La niña estiró el cuello, cerró los ojos y olfateó—. Lo intenté. La historia es una tontería, una chica que conoce a un chico, lo odia y luego se enamora de él, pero luego el chico la odia a ella y... Me aburría tanto que metí dentro hojas de menta para que al menos oliera bien.

—Buena idea —dijo Juliette en voz baja.

—¿Quieres entrar? ¿Tú también eres pasante? Nunca te había visto.

¿Pasante? La chica negó con la cabeza. La palabra evocaba en ella imágenes de una película en blanco y negro, siluetas imprecisas corriendo encorvadas por túneles o arrastrándose por debajo de alambradas, chicas en bicicleta transportando octavillas de la Resistencia en su bolsa y sonriendo con falso candor a un soldado alemán con una especie de ensaladera verdosa en la cabeza. Imágenes que hemos visto cien veces en el cine o en la tele, tan habituales, tan planas que a veces olvidábamos el horror que encerraban.

—Entonces ¿quieres ser pasante? —le preguntó Zaida—. Es fácil. Ven, vamos a ver a mi padre.

Juliette volvió a negar con un gesto. Luego su mirada se apartó del rostro de la niña y se posó en la placa con la inscripción misteriosa, aunque sencilla, los libros no tenían límites ni fronteras, salvo a veces las de la lengua, era evidente... Entonces ¿por qué...?

Sentía que sus pensamientos se le escapaban, aunque sabía que el tiempo pasaba, que tenía que marcharse, salir de aquella calle, recuperar cuanto antes la luz fluorescente de su despacho,

—Por eso mi padre siempre deja un libro
—explicó en tono paciente—.
El picaporte está muy duro para mí.
—Pero ¿por qué un libro?

en la parte de atrás de la agencia, el olor a polvo de los informes de «bienes» y de los informes de «clientes», el parloteo interminable de Chloé y la tos del señor Bernard, productiva o seca según la época del año, la cuarta visita de los jubilados que no terminaban de decidirse entre el chalet de Milly-la-Forêt y el piso de dos habitaciones de la Porte d'Italie.

—Ven —repitió Zaida en tono decidido.

Cogió de la mano a Juliette, tiró de ella hacia el patio y volvió a dejar con cuidado el libro en el resquicio de la puerta.

—Es el despacho del fondo, el de la puerta de cristal. Solo tienes que llamar. Yo subo.

—¿No vas al colegio? —preguntó Juliette sin pensarlo.

—En mi clase hay un caso de varicela —contestó la niña en tono trascendente—. Nos han mandado a todos a casa. Me han dado una nota para mi padre. ¿No me crees?

Su pequeño rostro redondo se arrugó en una mueca de preocupación. Entre sus labios asomaba la punta de la lengua, tan rosa y lisa como una flor de pasta de almendras.

—Claro que sí.

—Ah, vale. Es que sois todos tan desconfiados… —concluyó encogiéndose de hombros.

Dio media vuelta de un salto, y sus trenzas volvieron a saltar sobre sus hombros. Tenía el pelo tupido, castaño, con reflejos de miel en los puntos que recibían los rayos del sol; las trenzas eran tan gruesas como sus delicadas muñecas.

Mientras la niña subía corriendo los escalones de una escalera metálica que llevaba a un largo corredor abierto que bordeaba toda la primera planta del edificio —sin duda una antigua fábrica—, Juliette se dirigió con paso incierto a la puerta que le había indicado. No sabía por qué había seguido a la niña y ahora obedecía su orden; pensándolo bien, era una orden. ¿O un consejo? En todo caso, era totalmente insensato doblegarse ante él: se había retrasado mucho, lo sabía sin necesidad de mirar el reloj. Una ligera llovizna se mezclaba ahora con el aire, la abofeteaba suavemente y la empujaba a buscar el calor, un refugio temporal… Al fin y al cabo, aquella mañana no tenía nada urgente que hacer… Siempre podría poner la excusa de que se le había estropeado la lavadora, que llevaba meses dando indicios de debilidad. Lo había comentado muchas veces con el señor Bernard, que se empeñó en informarle sobre distintos modelos, insistía en las marcas alemanas, mucho más fiables, según él, e incluso se ofrecía a acompañarla un sábado a una tienda que conocía, conocía al menos al dueño, un primo lejano, un hombre honesto que la aconsejaría bien.

El cristal de la puerta brillaba, reflejaba un trozo de cielo, pero al fondo de la sala había una lámpara encendida.

Juliette levantó la mano y llamó.

4

—¡Está abierto!

Una voz de hombre. Una voz tomada, incluso un poco ronca, con un ligero acento indefinible. Al fondo de la sala se incorporó una figura. Juliette empujó la puerta y vio oscilar una pila de cajas de cartón en la que las últimas estaban un poco torcidas. «¡Cuidado!», no pudo evitar gritar, demasiado tarde: las cajas se desplomaron levantando una nube de polvo. La chica empezó a toser y se tapó la boca y la nariz con la mano; oyó una maldición que no entendió; vio, o mejor adivinó, un movimiento —el hombre se había arrodillado, era moreno, iba vestido de negro y estaba bastante delgado—, y se frotó con la otra mano los ojos, que le lloraban…

—¡No me lo creo! Lo había ordenado todo… ¿Me ayuda?

Esta vez el tono era imperativo. Juliette, incapaz de hablar, asintió con la cabeza y avanzó a ciegas hacia la luz, de donde procedía la voz, así que el hombre estaba solo, movía los brazos, sus muñecas huesudas sobresalían de sus mangas demasiado cortas, y ahora que el polvo había caído un poco, veía su perfil, nítido, casi agudo, su nariz recta como la de algunas estatuas griegas o la de los guerreros que se veían en los frescos de Cnossos; había pasado dos semanas en Creta el verano anterior y desde entonces los veía a menudo en sus sueños, blandiendo jabalinas y lanzándose al ataque, con sus grandes ojos oblicuos llenos de un sueño de inmortalidad gloriosa.

—Claro —murmuró por fin, sin estar segura de que el hombre la hubiera oído.

Él movía de un lado a otro los volúmenes caídos y multiplicaba los gestos inútiles, como un nadador torpe. Los libros se lanzaban al ataque de sus muslos, se solapaban, las cubiertas resbalaban unas sobre otras, se desplegaban en abanico, se abrían, de repente ella creía oír el murmullo de las alas de un herrerillo alzando el vuelo desde un arbusto.

Cuando estuvo justo delante de él, el hombre levantó los ojos y le mostró su desconcierto con la simplicidad de un niño.

Él movía de un lado a otro los volúmenes
caídos y multiplicaba los gestos inútiles,
como un nadador torpe. Los libros se lanzaban
al ataque de sus muslos, se solapaban,
las cubiertas resbalaban unas sobre otras,
se desplegaban en abanico, se abrían, de repente
ella creía oír el murmullo de las alas de un
herrerillo alzando el vuelo desde un arbusto.

—Ya no sé cómo los había ordenado. Por temas y por países, quizá. O por géneros. —Y añadió, como para disculparse—: Soy muy despistado. Mi hija siempre me lo reprocha. Dice que hace mucho un pájaro se llevó mi cabeza.

—¿La pequeña Zaida? —le preguntó Juliette, ya agachada, con las manos en las hojas—. ¿Es su hija?

Ante sus ojos se extendía una serie casi completa de novelas de Zola, *La fortuna de los Rougon*, *La jauría*, *La culpa del abate Mouret*, *Una página de amor*, *Miseria humana*, *Nana*, *La obra...* Las agrupó y formó una pila perfecta en el suelo, a orillas del mar de volúmenes.

—¿Se ha encontrado con ella?

—Ella me ha propuesto que entrara, sí.

—Debería decirle que tuviera más cuidado.

—¿Tan peligrosa parezco?

Bajo los Zola, un rostro de hombre, atravesado por un delgado bigote, la miraba con insolencia. Descifró el título: *Buen amigo*.

—Maupassant —dijo—. Y ahí Daudet. Novelas naturalistas. Quizá intentaba ordenarlas por género literario...

El hombre no la escuchaba.

—No, no parece peligrosa —admitió tras un

instante de reflexión—. ¿Es usted librera? ¿O profesora? ¿Quizá bibliotecaria?

—En absoluto… trabajo en el sector inmobiliario. Pero mi abuelo era librero. De niña me encantaba su librería. Me encantaba ayudarlo. Me encantaba el olor de los libros…

El olor de los libros… Se apoderaba de ella incluso antes de entrar en la librería, en cuanto divisaba el pequeño escaparate, en el que el librero nunca exponía más de un libro a la vez; en general, un libro de arte, abierto en un atril, y del que cada día pasaba una página. Recordaba que había gente que se paraba para observar la fotografía del día, un pequeño Ruisdael, un retrato de Greuze, una marina de Nicolas Ozanne…

Para la niña, y después para la adolescente, era el palacio de las mil y una noches, el refugio de las tardes de los miércoles lluviosos, que pasaba colocando en las estanterías los libros que acababan de llegar o leyendo en el almacén. Su abuelo, bibliófilo apasionado, siempre en busca de ediciones raras, compraba bibliotecas enteras de libros de ocasión, que en su mayor parte amontonaba en grandes cajas que colocaba a la derecha de la puerta. Inspeccionando aquellos tesoros, Juliette había descubierto no solo los clásicos de la literatura infantil, sino también obras de autores un poco olvidados: Charles Morgan, Daphne du Maurier, Barbey d'Aurevilly, y todo un sinfín de novelistas inglesas, entre ellas Rosamond Lehmann. Devoraba las novelas de Agatha Christie como caramelos…

¡Qué bien lo pasaba!

La voz del hombre de negro la devolvió bruscamente al presente.

—Tome, coja estos. Ahora recuerdo que no sabía dónde colocarlos. Supongo que quiere decir que están a punto de salir.

Juliette abrió instintivamente las manos para recibir la pila de libros que le tendía, y luego repitió sorprendida:

—¿A punto de salir?

—Sí. ¿No ha venido a eso? ¿Para ser pasante? Lo normal sería que antes le hubiera hecho algunas preguntas. Había hecho una lista, debe de estar por aquí —señaló con un gesto vago el escritorio lleno de papeles y de recortes de periódico—, pero nunca la encuentro cuando la necesito. Pero puedo ofrecerle un café.

—No, gracias, tengo que…

—En todo caso tengo que explicarle… cómo funcionamos… quiero decir cómo funcionan ellos, porque yo… En fin, es un poco complicado. Yo no salgo.

Se apoyó en las manos, se levantó, pasó por encima de las cajas de cartón y se dirigió al fondo de la sala, donde una mesita sostenía una especie de andamio de metal trabajado, así como tazas y una caja con una inscripción antigua: BISCUITS LEFÈVRE-UTILE.

—Es una cafetera que he inventado yo —explicó dándole la espalda—. Funciona más o menos siguiendo el principio de las estufas de pellets... ¿Entiende lo que le quiero decir?

—No mucho —murmuró Juliette, que se sentía cayendo en la irrealidad.

Llegaría tarde. Ahora muy tarde. Chloé debía de haberla llamado ya al móvil —apagado— para saber si estaba enferma, el señor Bernard habría cruzado ya la puerta de su despacho acristalado, entrando a la agencia a la izquierda, se habría quitado el abrigo y lo habría colgado en el armario comprobando que los hombros estuvieran bien colocados verticalmente sobre la percha forrada a ganchillo de la que colgaba un disco de madera de cedro contra las polillas. También habría puesto en marcha su cafetera personal y habría echado dos terrones de azúcar en su taza de porcelana de Limoges ribeteada por filos hilos dorados; la única superviviente, le había contado una vez, del juego de café de su madre, una mujer encantadora aunque atolondrada que había roto todas las demás, incluso había tirado una a la cara de su padre cuando descubrió que la engañaba con su secretaria, gran clásico del género. El teléfono habría sonado ya, una vez o dos. Chloé habría cogido las llamadas. ¿Qué hora era? Juliette lanzó una mirada nerviosa a la ventana (¿por qué a la ventana?), y luego aspiró el aroma del café y olvidó sus sentimientos de culpa. El hombre manipulaba la manivela del molinillo de madera con energía. Canturreaba, como si hubiera olvidado su presencia. Más que oír la melodía, Juliette la sintió girando a su alrededor, fugaz, y luego se desvaneció.

—Me llamo Solimán —dijo girándose hacia ella—. ¿Y usted?

5

—A mi padre le encantaba Mozart —dijo algo después, mientras bebían lentamente un café solo denso, casi como un licor—. Nos puso a mi hermana y a mí nombres de personajes de la ópera *Zaida*. Y así se llama mi hija.

—¿Y su madre? ¿Estaba de acuerdo? —Juliette, consciente de su metedura de pata, se puso roja y dejó la taza—. Lo siento. A veces digo lo primero que se me pasa por la cabeza. No es asunto mío.

—No es nada malo —contestó el hombre con una sonrisa apenas esbozada que dulcificaba sus rasgos agudos—. Mi madre murió muy joven. Y desde hacía mucho no estaba del todo con nosotros. Ausente… por decirlo así.

Sin dar más explicaciones, dejó vagar la mirada por las cajas apiladas a lo largo de los tabiques, bien alineadas, casi encajadas; una pared de ellas forraba la pared original, aislando la pequeña sala de los ruidos del exterior.

—Usted conoce el principio de los libros viajeros —siguió diciendo tras unos segundos de silencio—. Lo creó un estadounidense, Ron Hornbaker, o más bien sistematizó el concepto en
2001. Convertir el mundo en una biblioteca…
bonita idea, ¿no? Dejamos un libro en un lugar
público, en una estación, en el banco de una plaza, en un cine, alguien se lo lleva, lo lee y luego,
unos días o unas semanas después, también lo
deja en otro sitio. —Unió las manos bajo la barbilla, formando un triángulo casi perfecto—.
Además había que seguir el rastro de los libros
«liberados», reproducir su itinerario y permitir
que los lectores compartieran sus impresiones.
De ahí el sitio web vinculado al movimiento, en
el que se registra cada libro. Se le asigna entonces
un identificador que debe aparecer de forma
legible en la cubierta, con la URL del sitio web.
El que encuentra un libro viajero puede entonces consignar la fecha y el lugar donde lo ha encontrado, hacer una notificación o una crítica…

—¿Es lo que usted hace? —lo interrumpió
Juliette.

—No exactamente.

El hombre se levantó y se dirigió hacia las pi

las que Juliette acababa de recomponer mal que bien. Cogió un volumen de cada una de ellas.

—Ya ve. Tenemos una selección, bastante aleatoria, de lecturas posibles. *Guerra y paz*, de Tolstói; *La tristeza de los ángeles*, de Jón Kalman Stefánsson; *Suite francesa*, de Irène Némirovsky; *El combate de invierno*, de Jean-Claude Mourlevat; *Nada se opone a la noche*, de Delphine de Vigan; *El caballero de la carreta*, de Chrétien de Troyes. El próximo pasante que entre en esta sala será responsable de poner en circulación todos estos libros.

—¿Responsable? —repitió Juliette.

—No los dejará en la calle o en un tren. No recurrirá al azar, si lo prefiere, para que encuentren a sus lectores.

—Pero cómo…

—Tendrá que elegirles un lector. O una lectora. Alguien a quien habrá observado, incluso seguido, hasta intuir el libro que esa persona necesita. No se equivoque, es un auténtico trabajo. No asignamos un libro como un desafío, por capricho, por voluntad de conmocionar o de provocar, sin razón. Mis mejores pasantes están dotados de una gran capacidad de empatía: sienten en lo más profundo de sí qué frustraciones, qué rencores se acumulan en un cuerpo que, en apariencia, no se diferencia en nada de otro. En fin, debería decir mi mejor pasante. La otra nos dejó hace poco, desgraciadamente.

Apoyó los libros, se giró y cogió con dos dedos, delicadamente, una foto ampliada en formato A4.

—Quería colgarla en la pared de este despacho. Pero no le habría gustado. Era una mujer discreta, silenciosa, incluso secreta. Nunca supe exactamente de dónde era. Como tampoco supe por qué decidió acabar con la vida.

Juliette sintió un nudo en la garganta. Las paredes de libros parecieron acercarse a ella, compactas, amenazantes.

—¿Quiere decir que…?

—Sí. Se suicidó hace dos días.

Empujó la foto hacia Juliette, sobre la mesa. Era una foto en blanco y negro, algo granulosa, con los detalles difuminados por la distancia y por la mala calidad de la impresión; pero la chica reconoció enseguida a la mujer gruesa, embutida en un abrigo de invierno, que se mostraba de medio perfil ante el objetivo.

Era la mujer del libro de cocina, la de la línea 6, la que tan a menudo observaba el exterior con una misteriosa sonrisa expectante.

Tendrá que elegirles un lector. O una lectora.
Alguien a quien habrá observado,
incluso seguido, hasta intuir el libro
que esa persona necesita.

—Lo siento mucho… ¡Qué idiota soy!

Era la cuarta o la quinta vez que Solimán repetía esta frase. Ofreció a Juliette una caja de pañuelos, otra taza de café, un plato —no muy limpio— en el que había volcado el contenido de la caja de galletas.

—¿La conocía?

—Sí —consiguió contestar por fin—. Bueno, no. Cogía la misma línea de metro que yo cada mañana. Es verdad que no la vi ayer, ni anteayer. Debería haberlo imaginado… Debería haber hecho algo por ella…

El hombre pasó por detrás de ella y le frotó los hombros con torpeza. Sorprendentemente, sus manos bruscas la reconfortaron.

—Claro que no. No habría podido hacer nada. Escuche, lo siento mucho, de verdad que lo siento…

Juliette se echó a reír nerviosamente.

—Deje de repetirlo.

Se levantó y parpadeó para expulsar las lágrimas. La pequeña sala parecía haber encogido aún más, como si las paredes de libros hubieran avanzado un paso. Era imposible, por supuesto. Como era imposible aquella curvatura que creía vislumbrar por encima de su cabeza: ¿los volúmenes del último estante se inclinaban realmente hacia ella, con los lomos de cartón listos para susurrarle palabras de consuelo?

Juliette movió la cabeza, se levantó y se pasó las manos por la falda, donde se habían acumulado migas de galleta. Le parecieron blandas, con un sabor raro; demasiada canela, probablemente. Él no había comido nada. Las volutas de vapor, elevándose de la cafetera —que emitía un ligero tintineo a intervalos regulares—, extendían ante su rostro un velo en movimiento que desdibujaba sus rastros. Lo observó disimuladamente, alzando los ojos y apartándolos cuando se cruzaban con los de él. Que se levantara y se colocara detrás de ella fue un alivio. Le parecía que nunca había visto unas cejas tan negras, una mirada tan triste, pese a que una sonrisa perpetua suavizaba el firme contorno de sus labios. Era un rostro que evocaba la tempestad, la victoria y el declive, todo a la vez. ¿Qué edad tendría?

—Tengo que marcharme, de verdad —dijo, más para convencerse a sí misma que para informarle.

—Pero volverá.

No era una pregunta. Le tendió el paquete de libros, que había atado con una correa de lona. Como los manuales escolares de antaño, pensó ella, que los alumnos se echaban a la espalda, carga rígida que les golpeaba. No le sorprendió; no lo habría imaginado utilizando una bolsa de plástico.

—Sí. Volveré.

Se puso los volúmenes bajo el brazo, dio media vuelta y se dirigió a la puerta. Con la mano en el picaporte, se detuvo.

—¿Alguna vez lee novelas románticas? —preguntó Juliette sin girarse.

—Voy a sorprenderla —contestó él—. Sí. A veces.

—¿Qué pasa en la página 247?

Transcurrió un tiempo en el que pareció pensar en su pregunta. O quizá perseguir un recuerdo. Luego dijo:

—En la página 247 todo parece perdido. Es el mejor momento, ya sabe.

6

De pie en el vagón abarrotado, Juliette sentía la
bolsa de tela que llevaba en bandolera magu-
llándole el costado, justo entre las costillas y la
cadera izquierda. Se dijo que los libros intentaban introducir en ella sus múltiples ángulos, cada
uno presionando para ser el primero, pequeños
animales cautivos y, aquella mañana, casi hostiles.

Sabía por qué. Al volver a casa, el día anterior —había acabado llamando a la agencia para
decir que no se encontraba bien, no, no, nada
grave, algo que no le había sentado bien, un día
de descanso y se recuperaría—, los metió directamente en el bolso de los viernes, el de la compra, cerró la cremallera y dejó la bolsa ante la
puerta de la entrada, con el paraguas encima,
porque el tiempo de la semana se anunciaba tris-

tón. Luego encendió la tele, subió mucho el volumen y comió lasaña congelada, calentada en el microondas, viendo un documental sobre los alcatraces, y luego otro sobre una estrella del rock en decadencia; necesitaba que los ruidos del mundo se colaran entre ella y el almacén lleno de libros, entre ella y la hora que acababa de vivir en la sala minúscula, no, minúscula no, sino invadida, aquel despacho en el que el espacio aún vacante parecía haber sido construido desde dentro por cada volumen colocado en un estante o apilado entre las patas de una mesa, contra un sillón o encima de las rejillas de un refrigerador abierto y tibio.

Lo que había sacado de aquella sala lo apartó de su mirada, de sus sentidos, si no de su memoria; la boca llena del sabor casi azucarado de la boloñesa industrial, los tímpanos saturados de música, de exclamaciones, de gritos de pájaros, de confidencias, de análisis y de parloteos, volvía a afianzarse en lo habitual, lo banal, lo no tan malo, lo casi soportable; la vida, en fin, la única vida que conocía.

Y aquella mañana los libros le guardaban rencor por no haberles hecho caso.

Era una idea idiota.

Se dijo que los libros intentaban introducir en ella sus múltiples ángulos, cada uno presionando para ser el primero, pequeños animales cautivos y, aquella mañana, casi hostiles.

—Vaya —murmuró el hombre que estaba a su lado, un hombrecillo embutido en una parka de camuflaje—, qué duro, lo suyo. ¿Qué lleva en esa bolsa?

Con la mirada a la altura de su cráneo, donde una calvicie rosa y brillante aparecía entre mechones cubiertos de fijador, respondió maquinalmente:

—Libros.

—¿A su edad? Estoy soñando. Que conste que no es una crítica, está bien leer, pero mejor haría…

Juliette no oyó el final de la frase, el metro acababa de pegar una sacudida y se había detenido, las puertas se abrían y el cascarrabias, empujado por la masa de cuerpos en movimiento, desapareció. Lo sustituyó una mujer alta y delgada, con un impermeable arrugado. Ella no se quejó, durante todo el trayecto osciló hacia los volúmenes, que parecían haberse colocado por sí mismos para ofrecer la mayor cantidad de puntas al menor contacto. Juliette sufría por ella y se aplastaba contra la fina mampara vibrante, pero en el rostro que veía de perfil nada parecía indicar la menor molestia; solo una lasitud pesada, como un caparazón incrustado que el tiempo había hecho más grueso.

Llegó por fin a la estación, se abrió paso entre la multitud de viajeros que subían y bajaban la escalera, tropezó al pisar la acera, buscó con la mirada el escaparate de la agencia, los rectángulos blancos rodeados de naranja fuerte, los anuncios expuestos, y corrió hasta la puerta.

Era la primera. Así que pudo dejar la bolsa debajo de la chaqueta, en el armario metálico en el que las dos empleadas guardaban sus cosas personales. Luego cerró la puerta con una violencia inútil y se sentó a su mesa, donde la esperaban una pila de informes incompletos y un posit con la letra desordenada de Chloé: «¿Ya no estás enferma? Estoy de visita, voy directa al piso feo calle G. ¡Besos!».

«El piso feo calle G» quería decir una visita larga, muy larga. Chloé había convertido en su desafío personal aquellos cincuenta metros cuadrados en los que casi todo el espacio se lo comían un pasillo y un cuarto de baño inútilmente grande con una bañera con patas de león devoradas por el óxido. Unos días antes, Juliette la había escuchado elaborar su plan de ataque, enumerando con entusiasmo las ventajas de una bañera en pleno París.

—Si es una pareja, despertará su libido. Tienen que imaginarse los dos dentro, con mucha espuma y aceite perfumado para darse masajes en los pies.

—¿Y el óxido? ¿Y el suelo agrietado? No me parece muy glamuroso —objetó Juliette.

—Llevaré la vieja alfombra china de mi abuela que está en el sótano, mi madre ni verá que ya no está. Y una planta. Creerán estar en un jardín de invierno, ya sabes, como en el libro que me pasaste… Era aburrido y largo, no pude acabarlo, pero estaba aquel sitio monísimo, lleno de flores, con butacas de mimbre…

Sí, Juliette ya lo sabía. El libro era *La jauría*, de Zola, que Chloé le había devuelto diciendo: «¡Qué películas se montan para nada!». Aun así, al parecer le había gustado la atracción mortífera de la escena en el invernadero, cuando Renée Saccard se ofrecía a su joven hijastro, entre las fragancias embriagadoras de las flores raras reunidas allí para mostrar la fortuna y el buen gusto de su marido.

—Deberías haber venido al curso de *home staging* —siguió diciendo Chloé, condescendiente—. Fue superinteresante. Como comprenderás, hay que dar vida a las viviendas… la vida que las personas desean tener. Al entrar tienen que decirse: «Si vivo aquí, seré más fuerte, más importante, más popular. Conseguiré ese ascenso que quiero desde hace dos años y que no me atrevo a pedir porque me da miedo que me cierren la puerta en las narices, ganaré quinientos euros más, invitaré a salir a la chica de marketing y me dirá que sí».

—Les vendes falsas ilusiones…

—No, les vendo un sueño. Y los ayudo a proyectarse hacia un futuro mejor —concluyó Chloé en tono solemne.

—¡Deja de recitar tu clase! —exclamó Juliette—. ¿De verdad te lo crees?

Chloé, arisca, miró de arriba abajo a su compañera.

—Por supuesto. Mientras consiga la prima. Qué deprimente puedes llegar a ser…

Sonó el teléfono. Era Chloé:

—Tráeme un libro. Tienes muchos en el cajón de tu mesa. Los he visto —dijo acusadora.

—¿Qué tipo de libro? —le preguntó Juliette algo desconcertada—. ¿Y por qué…?

—Cualquiera. Es para la mesita que voy a colocar al lado de la bañera. Así se verá menos el óxido, pondré también una lámpara vintage, con una cenefa de perlas; parece que hay chicas a las que les encanta leer en la bañera. Ya ves la atmósfera.

—Creía que querías sugerir retozos eróticos en la bañera…

—Su chico no estará siempre en casa. Y, además, de vez en cuando está bien descansar un poco.

—Si tú lo dices, te creo —replicó Juliette, divertida.

Chloé coleccionaba amantes de una noche, lloraba cada fin de semana de celibato como una tragedia y, sin duda, a ella jamás se le habría ocurrido invitar a Proust o a Faulkner a darse un baño de espuma juntos.

—Veré lo que puedo hacer —dijo Juliette antes de colgar.

Chloé lo había visto bien: el último cajón de la mesa de Juliette, el más hondo —y por eso poco práctico para guardar los informes—, estaba repleto de libros de bolsillo, vestigios de cuatro años de trayectos casa-trabajo, libros entre cuyas páginas había metido, al azar de sus lecturas interrumpidas, entradas del cine o tíquets de la tintorería, el folleto de una pizzería, programas de conciertos, páginas arrancadas de una libreta en la que había escrito listas de la compra o números de teléfono.

Cuando tiró de la manija de metal, el pesado casillero se estremeció sobre los raíles con un chirrido, luego se quedó parado de repente y media docena de volúmenes cayeron al suelo. Juliette los recogió y se levantó para dejarlos al lado del teclado del ordenador. Inútil echar un vistazo al cajón, el primer título serviría. «Título» era la palabra correcta: de todas formas, sería lo único que leería Chloé.

El título. Sí. Era importante. Leer en la bañera *La Démangeaison*, de Lorette Nobécourt, un libro que su piel aún recordaba, solo con sujetarlo en la mano sentía en el omóplato izquierdo un traicionero hormigueo que ascendía hasta el hombro, y se rascaba, incluso se arañaba; no, no era buena idea. Sin embargo, no había podido dejar la novela en cuanto la empezó, pero precisamente por eso, el agua de la bañera se enfriaría, hacía falta suavidad, algo tranquilizador y envolvente. Y misterio. ¿Relatos? ¿Maupassant, «El Horla», el diario inconcluso de una locura que lleva al suicidio? Juliette imaginaba a la lectora, inmersa en la espuma hasta los hombros, levantando la cabeza, escrutando con ansiedad la oscuridad del pasillo por la puerta entreabierta… De aquella oscuridad surgirían los espectros y los terrores infantiles tantos años reprimidos, con su cortejo de angustias… La mujer, alarmada, se levantaría del agua, saldría de la bañera, resbalaría con el jabón, como lady Cora Crawley en *Downton Abbey*, y quizá se rompería el cuello al caer...

No.

Descartó, a su pesar, el volumen de relatos, el primer tomo de *En busca del tiempo perdido*, varias novelas policíacas con cubiertas demasiado estropeadas, un ensayo sobre el sufrimiento en el trabajo, una biografía de Stalin (¿por qué había comprado algo así?), un manual de conversación francés-español, dos gruesas novelas rusas maquetadas en cuerpo 10 e interlineado simple (ilegible) y suspiró. Elegir no era tan fácil.

No le quedaba más remedio que vaciar el cajón. Algo encontraría. Un libro inofensivo, que no pudiera desencadenar la menor catástrofe.

A menos que...

Juliette apartó con la palma de la mano los libros, que cayeron de cualquier manera en lo que, había que admitirlo, parecía una tumba. Luego cerró el cajón. Era triste; lo sentía, pero de momento no quería detenerse en aquella emoción difusa y desagradable.

Tenía una misión que cumplir.

Se levantó, rodeó la mesa y abrió el armario.

La bolsa seguía allí. ¿Por qué había pensado por un segundo que podría haber desaparecido?

Se inclinó, la levantó e instintivamente la apretó contra su cuerpo.

La esquina de un libro intentó introducirse entre sus costillas.

Será este, pensó entonces, con una certeza que jamás había sentido.

7

Era el primero, su primer libro como pasante, pensaba Juliette palpando el volumen elegido a través de la gruesa tela de su bolsa... pero ¿lo había elegido? Infringía ya las reglas: no sabía siquiera cómo se titulaba, no sabía qué mano lo cogería para darle la vuelta y quizá leer la contracubierta, no había seguido ni observado al destinatario, no había reflexionado sobre el momento en que lo entregaría, ni emparejado el libro con su lector o lectora con el cuidado que Solimán consideraba indispensable.

Una lectora. Sería necesariamente una lectora. Los hombres no leen en la bañera. Además, los hombres no se bañan, siempre tienen prisa, y la única manera de que se queden tranquilos es colocarlos en un sofá ante una semifinal de la Liga de Campeones. Al menos es lo que Juliette había deducido del comportamiento de sus tres últimos novios.

—Ya lo sé —dijo en voz alta—. Estoy generalizando. Por eso siempre meto la pata.

También ahora estaba generalizando. Aunque debía admitir que tenía la costumbre de sacar conclusiones apresuradas, casi siempre optimistas, del menor detalle que le gustaba: las gafas con montura metálica de uno, las manos de otro, que había juntado para sujetar a un cachorro o a un bebé, y el mechón de pelo de otro más, que le caía todo el rato en la frente y cubría su mirada azul… En aquellas minúsculas particularidades creía descubrir inteligencia, ternura, humor, solidez o una fantasía de la que ella misma se creía desprovista.

Metió la mano en la bolsa con el ceño fruncido sin dejar de hablar consigo misma: Joseph tenía anchos hombros debajo de los jerséis de lana gruesa que tanto le gustaban, pero su fuerza se reducía a su capacidad de aplastar una nuez con la mano; a Emmanuel le daban pena los pájaros que chocaban con los cables de alta tensión, pero no se le ocurría llamarla cuando tenía gripe; Romain no soportaba la menor broma, y en los restaurantes dividía la cuenta con una exactitud maníatica, céntimos incluidos.

Había estado enamorada, o había creído estarlo, que venía a ser lo mismo, de todos ellos. Llevaba seis meses sola. También había creído que no podría soportarlo, y ahora le sorprendía valorar su libertad, esa libertad que tanto miedo le había dado.

—Que les vaya muy bien —murmuró apretando con los dedos el libro elegido; no, el libro que en realidad se había impuesto.

No sabía a quién estaba hablando. Otra generalización. Sin duda.

El libro era grueso, denso y se sujetaba bien en la mano. Punto a su favor. Juliette retrocedió lentamente, con los ojos clavados en la cubierta casi negra, una oscuridad que dejaba ver, junto al canto, las ruinas borrosas de una mansión inglesa.

Daphne du Maurier. *Rebeca*.

—¡Van a firmar las arras del piso!

Chloé soltó el bolso en su mesa, se giró hacia Juliette y la señaló con un dedo falsamente acusador.

—La chica ha ido directa a por tu novela. Una suerte, porque estaba un poco de morros. Ni te cuento su cara al entrar en el salón, por no hablar de la cocina. Pero de repente… —Puso

cara de maravillarse, alzó las cejas, abrió mucho los ojos y la boca—. Imagínate la escena: ella entra en el cuarto de baño, debo decir que lo había preparado todo, la iluminación íntima, la planta, una toalla blanca doblada en el respaldo de la chaise longue, ya no se veía el óxido ni las manchas de humedad ni nada. Él empieza a decir que era una locura, tanto espacio desperdiciado, pero ella ni siquiera lo escuchaba, se acercó a la bañera y…
—Chloé dio un salto con los puños apretados y siguió diciendo entusiasmada—: ¡Nunca había visto algo así! Coge el libro, empieza a hojearlo y dice: «Oh, *Rebeca*, a mi madre le encantaba esta vieja película con… ¿quién era? ¿Grace Kelly? No, Joan Fontaine». Empieza a leer. Pasa un buen rato, yo no me atrevía ni a respirar. Él dice: «Creo que ya hemos visto bastante», y ella: «Podremos hacer un vestidor», y sonríe, te lo juro, y me pregunta: «¿El libro es suyo? ¿Puedo quedármelo?». Y se planta delante del espejo, un superespejo barroco que encontré en el mercadillo el fin de semana pasado, se toca un poco el pelo, así —Chloé imitaba el gesto, abría los labios, Juliette veía temblar sus pestañas, su rostro dulcificándose, transformándose, marcado por una melancolía que no parecía suya, que parecía pegada a sus rasgos risueños como una máscara

«Oh, *Rebeca*, a mi madre le encantaba esta vieja película con… ¿quién era? ¿Grace Kelly? No, Joan Fontaine.»

de teatro japonés o de carnaval—, y se gira hacia él y le dice con una voz rara: «Seremos felices aquí... Ya lo verás».

La agencia inmobiliaria cerraba a las seis y media de la tarde. A las doce de la noche Juliette seguía sentada en el parquet, cuyas tablas habían perdido hacía mucho tiempo la capa superior y mostraban grandes rayas gris masilla. De la restauración de aquel despacho, al que los clientes nunca entraban —las chicas disponían de una mesa de plexiglás en la tienda, donde se sentaban por turnos durante el día, sonriendo con expresión amable bajo la luz de los focos empotrados—, no se había vuelto a hablar desde el roscón de Reyes, hacía tres años, cuando el señor Bernard derramó la botella de sidra barata en el estrecho pasillo que llevaba a la ventana. El líquido espumoso se coló por las grietas de la madera y dejó un rastro amarillento. Encima de aquella mancha, que llevaba mucho tiempo seca, Juliette se sentó con las piernas cruzadas y los libros extendidos en abanico delante de ella.

Diecisiete libros. Los había contado. Los había cogido, sopesado y hojeado. Había olido los pliegues, había picoteado aquí y allá frases, párrafos a veces incompletos, palabras apetitosas como caramelos o cortantes como cuchillas: «le tendió un camastro cerca del fuego y le puso encima pieles de ovejas y de cabras. Echose allí Odiseo y sobre él arrojó Eumeo un manto grueso y grande que tenía de repuesto para cuando se levantara terrible temporal…», «Mi rostro era un prado en el que pacía una manada de búfalos…», «Miró los leños, cuya única llama bailoteaba en lo alto de una danza agónica, después de haber ayudado a la cocción de los manjares del almuerzo…», «La hemos encontrado. —¿Qué? —La eternidad… Es el mar mezclado…», «Sí, pensó Rudy, los hombres ambiciosos con piernas fuertes bien asentadas en el suelo, muy rectas, sin flexionar graciosamente las rodillas…», «Smoking, crepúsculos agrandados, la sed de horas, un claro de luna parsimonioso, palabrería, valle, luz…».

Tantas palabras. Tantas historias, personajes, paisajes, risas, llantos, decisiones repentinas, terrores y esperanza.

¿Para quién?

8

Juliette encontró la calle, el portal oxidado, con sus rayas de vieja pintura azul, el cielo encerrado entre las altas paredes, y se sorprendió. Casi le habría parecido más normal que la calle hubiera desaparecido, que ante ella se hubiera alzado una pared ciega, o que hubiera buscado en vano el almacén, sustituido por una farmacia o un supermercado con carteles amarillos o verdes anunciando las ofertas de la semana.

No. Apoyó la palma de la mano izquierda en el frío metal. También la placa seguía allí. Y el libro. Dejaba pasar entre los batientes una corriente de aire que olía a humo. Se giró y miró las fachadas. ¿Por qué en este momento le preocupaba que la observaran? ¿Temía que la vieran entrar... que la juzgaran? En aquel barrio tranquilo, la gente debía de controlar con especial suspicacia las idas y venidas de sus vecinos. Y era inevitable que aquel sitio despertara su curiosidad, como mínimo.

Juliette no sabía lo que temía. Pero sentía brotar en ella una vaga inquietud. ¿Quién dedicaría tiempo a dar libros a desconocidos, a desconocidos elegidos, espiados? ¿Incluso todo su tiempo? ¿De qué vivía el padre de la pequeña Zaida? ¿Salía a veces para ir al trabajo —de repente la palabra no evocaba ninguna imagen en la mente de Juliette, que no conseguía imaginarse a Solimán detrás de la ventanilla de un banco o en un despacho de arquitectos, menos aún en un aula o en un supermercado— o se quedaba encerrado, a distancia del día y de la noche, en aquella sala cubierta de libros en la que la luz estaba encendida desde la mañana hasta la noche? Perfectamente podía trabajar allí, en efecto, diseñar sitios web, hacer traducciones, trabajar como autónomo o escribir textos de catálogos, por ejemplo. Tampoco lo veía en ninguno de estos papeles. En realidad, no lo veía como una persona real, corriente, con necesidades materiales y vida social; tampoco lo veía como un padre.

Ni como un hombre.

«Nos enseñan a desconfiar —pensaba empujando la pesada puerta, que se abrió despacio, como a su pesar—. A suponer siempre lo peor. Dar libros a las personas para que les vaya mejor, si no lo he entendido mal… Estoy segura de que el tendero de la esquina cree que Solimán es terrorista o camello. Y de que la policía ya ha pasado por aquí. Si fuera dentista, a nadie se le habría pasado por la cabeza. Estoy dando vueltas a banalidades, todo el mundo lo sabe. Quizá ya no leo lo suficiente, se me ha entumecido el cerebro. Mejor sería que… ¿qué?»

El patio estaba vacío, un trozo de papel revoloteaba por los primeros escalones de la escalera metálica, y la puerta del despacho estaba cerrada. No se veía luz dentro. Decepcionada, Juliette dudó un instante si dar media vuelta, y luego, empujada por la curiosidad, se acercó a los cristales ahumados. La guarida de la fiera sin la fiera, la excitación del peligro sin el peligro. ¿Por qué acumulaba estas comparaciones discutibles? Le habría gustado darse un par de bofetadas… eran el momento y el lugar oportunos, nadie la veía. Pero el gesto tenía algo de infantil. No podía dejarse llevar, no hasta aquel punto.

¿Por qué no?

Se acercó paso a paso. El silencio era sorprendente. Imposible, o casi, creer que a unos metros de allí resonaba la ciudad, que devoraba el tiempo, la carne, los sueños, la ciudad que nunca estaba satisfecha, que nunca se quedaba dormida. Un aleteo le indicó que, por encima de su cabeza, una paloma se había posado en la barandilla de la galería; se oyó una campana agrietada, que sonó ocho veces. Por la mañana. Habría podido ser cualquier hora, cualquier sitio, en uno de aquellos pueblos de provincias que a Balzac le gustaba describir.

—No se quede ahí. Entre.

La voz procedía de arriba, planeó hasta ella y la sobresaltó. Aunque no había pegado la nariz al cristal, le daba la sensación de haber sido sorprendida en flagrante delito de indiscreción.

—Ya estoy aquí. Hoy me he retrasado un poco.

Estaba ya allí, como si se desplazara sin tocar el suelo. Juliette ni siquiera había oído sus pasos en la escalera. Antes de verlo le llegó el olor que impregnaba su ropa, un olor a canela y a naranja.

—Acabo de hacer un pastel para Zaida —dijo—. Está un poco pachucha.

Solimán observó sus manos cubiertas de harina y, disculpándose con una sonrisa, se las frotó en el pantalón negro.

Al fin y al cabo, sin duda era padre. Pero ¿un pastel? ¿Para su hijita enferma?

—Si le duele la barriga… —empezó a decir Juliette en tono desaprobador, pero se interrumpió de repente, porque le pareció oír a su madre y a sus abuelas expresándose todas a la vez por su boca.

¿A santo de qué se metía donde no la llamaban?

Solimán presionaba el picaporte, pero las bisagras oxidadas de la puerta se resistían. La abrió empujándola con el hombro.

—Aquí todo está contrahecho —dijo—. Las paredes y su inquilino. Nos llevamos bien.

Juliette habría debido protestar —por educación—, pero en el fondo tenía razón. Sonrió. «Contrahecho»… tenía su encanto. La piedra del umbral, con surcos que trazaban curvas paralelas, el suelo gris de polvo, las ventanas, cuyos cristales temblaban al menor cambio del viento, el techo perdido en la penumbra, los libros acumulados hasta en los menores rincones, también. Pero el conjunto, construido de cualquier manera, daba la impresión de ser sólido; un lugar que habría podido desvanecerse de un día para otro como un espejismo y trasladarse a través del tiempo y del espacio para volverse a formar en otro sitio, y la puerta no dejaría de chirriar, ni las pilas de libros dejarían de desplomarse al pasar. Podría cogerse el gusto a aquella caída afelpada, blanda, al murmullo de las hojas arrugadas, pero Solimán se precipitaba y, señalándole una silla libre, recogía, afianzaba, empujaba las pilas de papel con una ternura inquieta.

—¿Ya ha terminado? —preguntó por fin sin aliento, dejándose caer en la silla—. Cuénteme.

—¡Oh! No. No es eso. Yo…

No la escuchaba.

—Cuénteme —insistió—. Quizá olvidé aclarárselo: lo anoto todo.

Apoyó la mano en un gran registro verde, gastado en las esquinas. Juliette —que volvía a sentir que se deslizaba hacia… ¿hacia qué?, otro país, otro tiempo, quizá— se quedó absorta contemplando aquella mano. Grande, con los dedos muy separados, cubierta desde las falanges hasta las muñecas de una ligera pelusa oscura. Trémula. Como un animalito. Las uñas cortas, con un ribete que no era negro, sino de un gris mate, un gris de polvo, el polvo de los libros, por supuesto. De la tinta convertida en polvo, de las palabras convertidas en ceniza y acumuladas ahí, y que por lo tanto podían escapar, volar, ser respiradas, ¿quizá entendidas?

—¿Todo?

Esta vez su voz no expresaba asombro, ni desconfianza; más bien… quizá… la fascinación de un niño. No, esa palabra, «fascinación», era sosa, o demasiado fuerte. Demasiado para la suspicacia, la ironía y la indiferencia. Demasiado para la vida cotidiana.

«Voy a levantarme —decidió Juliette, aturdida—. Me iré y no volveré jamás. Iré al cine, sí, por qué no, y luego a comer sushi, o una pizza, y volveré a casa y…

»¿Y qué, Juliette? ¿Te irás a dormir? ¿Te tumbarás a ver un programa tonto en la tele? ¿Darás vueltas una vez más a tu soledad?»

—Sí, todo. Todo lo que quieran decirme. La historia de los libros, ya me entiende. Cómo viven, las personas a las que llegan, todo libro es un retrato y tiene al menos dos caras.

—Dos…

—Sí. La cara del, de la, en su caso, que lo da. La cara de la que o del que lo recibe.

La mano de Solimán se elevó y planeó un instante por encima de una pila más baja que las demás.

—Estos, por ejemplo. Me los han devuelto. No suele suceder. No anoto mi dirección en las páginas en blanco del principio. Me gusta saber que se pierden, que siguen caminos que desconozco… después de su paso por aquí, del que conservo un rastro, un relato.

Cogió el primer volumen de la pila, pero no lo abrió. Deslizó los dedos por el corte delantero. Una caricia. A su pesar, Juliette se estremeció.

«Ni siquiera es guapo.»

—La mujer de la que le hablé el otro día, la que veía en el metro, pasó este libro. Lo encontré ayer metido en la puerta. No sé quién lo dejó ahí. Y me entristece.

9

El viento del este, un viento fuerte que soplaba intermitentemente desde el día anterior, hacía que el metro oscilara un poco, y cuando Juliette cerraba los ojos se imaginaba a bordo de un buque saliendo del espigón, dejando atrás el agua tranquila y lisa del puerto y adentrándose en alta mar.

Recurría a esta imagen para calmarse, para contener el temblor de sus manos. El libro abierto ante ella le parecía rígido, demasiado grueso... demasiado llamativo, por decirlo todo.

Pero ¿no era lo que quería?

La sobrecubierta de cartulina, que había hecho el día anterior, echando mano sin escrúpulos del armario del material de oficina de la agencia, usando y abusando de la impresora a color —hasta el punto de que sin duda este mes tendrían que cambiar los cartuchos dos veces, un gasto que el señor Bernard no veía con buenos ojos—, tirando a la papelera las que habían salido mal, luego pensándolo mejor y metiéndolas en una gran bolsa de basura, que tiró en un contenedor a tres calles de allí, con un ligero sentimiento de culpabilidad, no dejaba de resbalarse. Marcó una vez más el pliegue de las solapas y apoyó el volumen en sus rodillas. Frente a ella, un tipo de unos treinta años, con traje entallado y corbata estrecha años sesenta, dejó por un instante de teclear en su smartphone y le lanzó una mirada de compasión... algo insistente, le pareció.

Juliette observó furtivamente a los demás pasajeros del vagón. No había mucha gente. Los funcionarios estaban de huelga, en los trenes de cercanías solo había servicios mínimos, y los habitantes del extrarradio, al menos los que podían, se habían quedado en casa. Y esta vez había salido de casa temprano, incluso muy temprano. Apenas eran las siete y media de la mañana. ¿Por qué había elegido esa hora? Ah, sí, temió no poder sentarse. El libro que leía, o que fingía leer, no era de los que pueden sujetarse con una mano y agarrarse con la otra a una de las asas que cuelgan junto a las puertas.

No veía a ninguno de los viajeros con los que solía cruzarse. Fue casi un alivio. Nadie, salvo el tipo del smartphone, le prestaba atención. De repente este se inclinó, con la barbilla hacia delante y las cejas levantadas, en un gesto exagerado de estupefacción.

—¿De verdad va a leerse todo eso? —Soltó una risa chirriante, se inclinó un poco más y dio unos golpecitos con la uña en la sobrecubierta del libro—. Es una broma.

Juliette se limitó a negar con la cabeza. No, no era broma. Pero no había encontrado otra manera de atrapar a sus posibles presas... pensándolo bien, era raro utilizar este tipo de vocabulario. No se sentía capaz de deducir a partir del aspecto exterior un carácter, gustos, quizá sueños, elegir el alimento adecuado para esos sueños. Es lo que le había explicado a Solimán tras su conversación, el día anterior.

Conversación quizá era una palabra demasiado grande. ¿Se puede hablar de «conversación» cuando se está hurgando en el bolso en busca —debajo del cepillo del pelo, el libro empezado hace mucho, las llaves, las de la agencia, las del sótano del edificio, el móvil, una libreta llena de garabatos y de listas interminables de cosas por hacer— de un pañuelo de papel un poco arrugado, aunque limpio, para un hombre que no dejaba de llorar?

«No —se corrigió Juliette—. En este caso la que escribe la novela eres tú, y exageras.»

Replay.

Juliette se lo contó todo, como le había exigido: el pasillo en ángulo y el cuarto de baño, oscuro, húmedo y ridículamente grande en comparación con las demás habitaciones del piso, la bañera con patas de león, los regueros de óxido, las ideas de Chloé y su curso de *home staging*, la planta, el biombo y por último el libro. Y el éxito inesperado: los clientes habían firmado ya las arras, no necesitaban un préstamo, pagaban en metálico y ya habían elegido a un contratista para las primeras obras. Y parecían radiantes.

Y Solimán, que la había escuchado con la mayor atención, aunque sin tomar ninguna nota, se secó con un gesto casi distraído un rastro brillante de la mejilla. Sin la luz directa de la lámpara, que tenía la pantalla verde levantada, no lo habría visto.

Pero en cualquier caso habría visto el rastro que lo siguió. Y otras lágrimas tomaron el mismo camino, cálidas, lentas, deslizándose sobre la piel, transformándose, al contacto con una barba de dos días, en una fina película que Solimán no intentó secarse.

—No lo entiendo —murmuró Juliette—. ¿Algo va mal? He…

Sí, claro. Algo iba mal. Lo había hecho todo mal… como siempre.

Entonces volcó el contenido de su bolso en la mesa, en busca de un paquete de pañuelos, y acabó encontrando uno, que le tendió.

—Lo siento. Lo siento de verdad.

No se le ocurría ninguna otra palabra.

—Lo siento, lo siento —repetía.

—Déjelo ya.

—Lo… Mire, no soy inteligente como aquella mujer, la que se mató. O como los demás, sus pasantes, no los conozco, no lo sé. Soy incapaz de adivinar el carácter de alguien solo mirándolo en un trayecto de metro. Y no puedo seguir a gente todo el día, porque perdería mi trabajo. Así que ¿cómo voy a saber qué libro necesitan?

Solimán se sonó enérgicamente.

—Qué tontería —graznó.

—Se da usted cuenta…

Y de repente empezaron a reírse, una risa a carcajadas, contagiosa e incontrolable. Juliette, doblada, con las manos metidas entre las rodillas, también se reía hasta llorar. Solimán había agarrado el pie de la lámpara con las dos manos y tiraba de él con tanta fuerza que la pantalla acabó inclinándose y ahogando su rostro en una penumbra verde.

—Parece… parece… parece… un zombi… —consiguió decir la chica, y empezó a patalear, como si los músculos de las piernas sufrieran espasmos.

Qué bien sentaba reírse así, con la boca abierta, sin preocuparse de resultar ridícula, por una vez. Gritar de risa, hipar, secarse la saliva que resbalaba por la barbilla y volver a empezar.

Todavía estaban riéndose cuando Zaida irrumpió en el despacho, cerró la puerta despacio, se giró y los miró con expresión seria.

Apretaba un libro contra el pecho, y Juliette, que no dejó de reírse, observó que sus manos eran réplicas más finas, más pequeñas, de las de su padre. La misma ternura atenta para sujetar el dorso del volumen, la misma delicadeza. Cada una de sus uñas rosas, casi nacaradas, era una pequeña obra maestra.

Pero no fue eso lo que le llamó la atención.

El libro de Zaida estaba forrado con una cartulina gruesa ligeramente ondulada, de color verde fuerte, en la que había pegado cuidadosamente

La misma ternura atenta para sujetar
el dorso del volumen, la misma delicadeza.
Cada una de sus uñas rosas, casi nacaradas,
era una pequeña obra maestra.
Pero no fue eso lo que le llamó la atención.

letras de fieltro rojo, aunque la alineación dejaba
bastante que desear.

Y aquellas letras decían:

ESTE LIBRO ES FANTÁSTICO.

TE HARÁ INTELIGENTE.

TE HARÁ FELIZ.

10

—Es una broma —repitió el tipo del traje demasiado ajustado.

Juliette levantó los ojos hacia su rostro alegre y —pensando en Zaida e intentando imitar la expresión de seriedad atenta que había visto en los rasgos de la niña— replicó:

—No, en absoluto.

—Usted es… forma parte de un… grupo, bueno, de una especie de secta, ¿no es eso?

La palabra provocó un ligero escalofrío de temor en la chica, como si una pluma de bordes puntiagudos la hubiera rozado, oh, apenas, pero lo bastante para alertarla.

«Una secta.» ¿No había pensado ella lo mismo cuando volvió al almacén? ¿Incluso quizá la primera vez que entró? Una secta, una especie de cárcel sin rejas ni cerraduras, algo que se te pegaba a la piel, se insinuaba en ti, obtenía tu consentimiento, ni siquiera a la fuerza, no, todo lo contrario, con alivio, con entusiasmo, con la impresión de haber encontrado por fin una familia, una meta, algo sólido, que no iba a desmoronarse ni a desaparecer, certezas claras y sencillas, como las palabras que Zaida había recortado letra a letra y luego había pegado en la cubierta de su libro, mejor dicho de sus libros, todos los que le gustaban, como le aclaró.

—Porque se tarda mucho en explicar por qué te gusta un libro. Y yo no siempre lo consigo. Hay libros que cuando los he leído me siento… así. Dentro de mí se remueven algunas cosas. Pero no puedo mostrarlas. De esta forma lo digo, y la gente solo tiene que intentarlo. —Lanzó a su padre una mirada algo desdeñosa—. Yo no corro detrás de nadie. Bueno, eso de correr… Algunos no se mueven mucho.

Solimán tendió la mano por encima de la mesa.

—Sé lo que quieres decir, cariño.

Su tono era muy tranquilo, aunque tenía un tic en el párpado derecho, un ínfimo estremecimiento. Zaida se puso roja, y Juliette no pudo evitar admirar el espectáculo, aquella lenta infusión de sangre bajo la piel mate, del cuello a los pómulos, a las comisuras de los ojos, que enseguida se llenaron de lágrimas.

—Perdóname, papá. Soy mala. ¡Soy mala!

Se dio media vuelta y se marchó cabizbaja, con el libro apretado contra su pecho.

—No —contestó Juliette en tono firme, con una firmeza que le extrañó a ella misma—, no soy de una secta. Me gustan los libros, eso es todo.

Habría podido añadir: «No siempre me gustan las personas». Era lo que pensaba en aquel momento, mirándolo. Su boca dividida por unos incisivos algo amarillentos, separados, los dientes de la felicidad, decían, aquel aspecto de lo que antaño era salud, gordo, rosado, contento consigo mismo y algo condescendiente. Chloé lo habría etiquetado inmediatamente: «Este tío es un cerdo, déjalo correr».

—¿Lo quiere? —siguió diciendo.

La desconfianza ocupó el lugar de la sonrisa en el rostro de pepona de su interlocutor.

—Oh, no, no me interesa. No tengo suelto y…

—No quiero vendérselo. Se lo doy.

—¿Quiere decir que es gratis?

Parecía estupefacto. Y de repente voraz. Nervioso, se pasó la lengua por los gruesos labios, miró a derecha e izquierda y se acercó un poco a ella. Un olor a loción de afeitar invadió a Juliette, que contuvo la respiración.

—Una trampa —decidió apretando los puños contra los muslos—, estas cosas gratis siempre son trampas. Va a pedirme mi e-mail y recibiré spam hasta que acabe el siglo.

—Cuando acabe el siglo usted estará muerto —le comentó Juliette en tono tranquilo—. Y no quiero su e-mail. Si algo no quiero es su e-mail. Le doy el libro, bajo en la siguiente estación, y usted se olvida de mí.

Cerró el volumen y se lo colocó sobre las palmas de las manos, que levantó hacia él.

—No pido nada a cambio. Gratis —repitió separando las sílabas, como si hablara con un niño un poco retrasado.

—Gratis —dijo el hombre una vez más.

Parecía aturdido. Casi asustado. Al final alargó las dos manos y cogió el libro. El aire fresco circuló por encima de las palmas de Juliette mientras el tren llegaba a la estación.

—Adiós.

El hombre no contestó. Juliette se levantó, se pasó la tira del bolso por el hombro y se dirigió a la puerta detrás de una mujer que llevaba a su hijo sobre el pecho, en un fular portabebés. Dos pequeños ojos negros la miraban fijamente por encima del hombro de la mujer, debajo de un gorro con tres pompones, uno rojo, uno amarillo y uno violeta.

—Hola —dijo Juliette, enternecida.

Los hijos de los demás siempre la enternecían, pero las madres la asustaban: demasiado seguras de sí mismas, demasiado competentes, lo contrario de lo que ella era, le parecía.

La naricita se arrugó y los ojos apenas parpadearon. Aquella mirada. Cómo se podía soportar todo el día aquella interrogación constante, por qué, por qué, por qué. Aquella curiosidad incansable. Aquellos ojos abiertos como bocas hambrientas.

Y aquella ira, quizá porque lo hubieran traído al mundo. A este mundo.

Dio unos pasos por el andén y se giró. El tipo seguía mirando el libro cerrado. Había apoyado la palma de la mano en la cubierta. ¿Temía que se abriera solo? ¿Que salieran monstruos o quimeras, algo antiguo, peligroso y abrasador? ¿O algo demasiado nuevo para hacerle frente?

Juliette lo vio pasar en el tren, que se marchaba, aún inclinado hacia sus rodillas, inmóvil. Su perfil. Su nuca gruesa, con rastros de la maquinilla de cortar el pelo. Un hombre.

¿Un lector?

11

—¿Vas a decirme de una vez qué te traes entre manos?

Chloé se plantó delante de la mesa de Juliette con los brazos cruzados. Todo en su actitud proclamaba que no se movería hasta que le diera una explicación.

—¿De qué hablas?

Lamentable intento de ganar tiempo, Juliette era consciente. Unos segundos, apenas, porque su compañera enseguida añadió:

—Con los dichosos libros que amontonas en el cajón. Con los trozos de cartulina que encuentro en las papeleras.

Juliette volvió a recurrir a las evasivas.

—Creía que las vaciaban cada noche…

Con un gesto seco, cortando el aire con la mano, Chloé expresó que no era esa la cuestión.

—Sigo esperando... —Y como Juliette seguía sin contestar, se puso nerviosa—. Quieres vender más que yo, ¿es eso? ¿Has perfeccionado el truco?

—¿Qué truco? —preguntó Juliette, que sabía muy bien de qué hablaba su compañera.

—El *home staging*. El truco del libro junto a la bañera. Fue idea mía, te lo recuerdo. No tienes derecho a utilizarla.

Estaba irreconocible, con las fosas nasales apretadas, pálida, con dos manchas en los pómulos, como si se hubiera aplicado a toda prisa un colorete demasiado oscuro. Sus dedos se crispaban en la carne un poco blanda de los brazos, donde sus uñas con una cuidada manicura pinchaban pequeñas medialunas de color langostino. Juliette la miró de arriba abajo, como habría observado a una desconocida, y de repente la angustia y el rencor borraron su máscara de belleza, y creyó verla como sería treinta años después, cuando la vida hubiera marcado en su rostro los trazos de aquel rencor y aquella angustia, los hubiera impreso en su rasgos de forma indeleble.

Fea. Mustia.

Digna de lástima.

—¡Oh, Chloé!

Tenía ganas de llorar. De levantarse, de abrazarla y de acunarla para librarla de una pena de la que nada sabía, y quizá Chloé tampoco.

—Estás avisada.

Chloé dio media vuelta y se dirigió hacia su mesa de trabajo, hacia las guirnaldas de posits pegadas al pie de la lámpara, hacia su ordenador, coronado por unas orejas de conejo rosas, regalo de un cliente que le había echado el ojo, le dijo el día que las colocó, nuevas y rígidas, del color del algodón de azúcar. El rosa había palidecido, la felpa polvorienta se doblaba y las orejas, como hojas de lirio marchitas, se curvaban sobre la pantalla proyectando una sombra alargada.

Chloé andaba como quien va al frente en las películas de guerra de los años cincuenta, pensó Juliette, a grandes zancadas, con determinación forzada y el ánimo avivado por el peligro y la perspectiva de fracaso. Creía en una rivalidad meramente imaginaria, la vivía como una batalla que debía ganar costara lo que costase.

Juliette bajó la cabeza hacia el informe abierto ante ella con un nudo en la garganta. Desde hacía un tiempo le daba la impresión de que su vida se le escapaba, que huía de ella, miles de granos de arena colándose por una grieta casi invisible y llevándose con ellos miles de imágenes, de colores, de olores, de rasguños y de caricias, cien decepciones mínimas y quizá otros tantos consuelos… Por lo demás, nunca le había gustado mucho su vida, pasó de una infancia aburrida a una adolescencia ceñuda hasta descubrir, a los diecinueve años, por las miradas que suscitaba, que era guapa… quizá. Algunos días. Que había en ella, como le susurró su primer amante una noche en que los dos habían bebido demasiado, cierta gracia, algo danzarín, aéreo, algo que permitía creer en la ligereza de las horas, al margen de los dramas y de la negrura de la actualidad, cada vez mayor.

Pero Juliette no se sentía a la altura para asumir ese personaje. Lo demostró dejando a Gabriel, que siguió, en solitario, bebiendo demasiado y buscando de bar en bar una mujer, o mejor un mito cuyas virtudes etéreas le hicieran la vida soportable. Lo demostró coleccionando deprimidos, agresivos, huraños y veleidosos ávidos de catástrofes personales y de reveses sucesivos. Buscó y después escapó de aquellas víctimas complacientes, las observó hundiéndose en su desesperación exaltada como observaba las arañas a las que ahogaba, de mala gana, en la bañera. ¿Danzarina y aérea, ella? ¿Como las bailarinas, que giraban sobre sus pies torturados, con los dedos de los pies sangrando y una sonrisa en los labios? Incluso esta comparación le parecía pedante, no era tan vanidosa, ni pretendía sobrevolar, incluso a costa de sufrimientos calculados, la monotonía de lo cotidiano, su mezquindad, los bellos sueños rotos y las ilusiones perdidas, todas esas penas de lujo, como se decía a veces comparando su existencia estrecha, aunque cómoda, con las angustias reales que apenas rozaba con la mirada.

Penas de lujo, pequeñas alegrías. Las de la rutina: por la mañana, cuando el café era bueno, sentía una vaga gratitud, y también cuando la lluvia anunciada para la semana solo caía por la noche. Cuando el telediario no soltaba su fardo de muertos y de atrocidades, cuando conseguía eliminar de su blusa preferida la mancha de *pesto rosso* que estaba convencida de que no se quitaría, cuando la última de Woody Allen era realmente buena…

Y además estaban los libros. Apretados en dos hileras en la biblioteca del salón, en pilas a cada lado de la cama, a los pies de dos mesitas heredadas de su abuela, la abuela de las luciérnagas, la que vivió toda su vida en un pueblo de montaña, en una casa de paredes negras como la lava solidificada; libros también en el armario del cuarto de baño, entre los productos de belleza y la reserva de rollos de papel higiénico, libros en una estantería en el váter y en una gran cesta cuadrada para la ropa cuyas asas habían cedido hacía un siglo, libros en la cocina, al lado de la única pila de platos, columnas de libros en la entrada, detrás del perchero. Juliette asistía, pasiva, a la progresiva invasión de su espacio, no se resistía, solo desplazaba algunos volúmenes hacia el cajón de su mesa cuando tropezaba tres veces con el mismo, caído de su pila o de su estante, lo que significaba, según ella, que el libro quería abandonarla, o por lo menos que había cogido manía al piso.

Los domingos, Juliette saqueaba los mercadillos, porque le daba pena ver aquellas cajas de cartón en las que habían tirado libros viejos de cualquier manera, sin cuidado, casi con asco, y que nadie compraba. La gente iba a los mercadillos a comprar ropa de segunda mano, baratijas de los años setenta y electrodomésticos que aún funcionaban. Los libros no tenían nada que hacer. Así que ella los compraba, llenaba el capazo de tomos desparejados, de libros de cocina o de bricolaje y de novelas policíacas sexis que no le gustaban, solo para tenerlos en las manos y concederles un poco de atención.

Un día entró en una librería de ocasión minúscula, acorralada entre una farmacia y una iglesia, en una plaza de Bruselas. Era un fin de semana lluvioso y mustio. Los turistas habían escapado de la ciudad después de los atentados. Recorrió casi sola el museo real, donde un tesoro de cuadros holandeses dormía bajo grandes cristaleras desde las que caía una luz avara, luego sintió la necesidad de entrar en calor, pasó por delante de varias cafeterías, pensó en un chocolate caliente, y luego se encontró ante una escalera de tres peldaños con la parte central desgastada. Lo que llamó su atención fue la caja de saldos, colocada en una silla de jardín bajo un enorme paraguas rojo atado al respaldo. Pero solo había libros en holandés. Entonces subió los escalones, accionó el picaporte antiguo y empujó la puerta. Se sentía en territorio conocido entre aquellas pilas, aquel polvo de papel y aquel olor a viejas encuadernaciones. Al fondo de la tienda, un hombre sentado detrás de una mesa pequeña apenas levantó la cabeza del libro que estaba leyendo cuando sonó la campanilla. Juliette paseó un buen rato entre los libros, hojeó un tratado de medicina del siglo XIX, un manual de economía doméstica, un método para aprender latín como si fuera una lengua viva, varias novelas viejas de Paul Bourget, un autor que parecía estar muy en contra del divorcio, un álbum de mariposas de Brasil y, por último, un delgado volumen con cubierta blanca que se titulaba *Decimotercera poesía vertical*, edición bilingüe. «Vaya, vertical, ¿por qué? —se preguntó abriéndolo—, las líneas de los poemas son horizontales como todas las demás, sí, pero la disposición... se podría decir que...»

El poeta se llamaba Roberto Juarroz. La antología se abrió por la página 81, y en la página 81 leyó:

> *Cuando el mundo se afina*
> *como si apenas fuera un filamento*
> *nuestras manos inhábiles*
> *no pueden aferrarse ya de nada.*

> *No nos han enseñado*
> *el único ejercicio que podría salvarnos:*
> *aprender a sostenernos de una sombra.*

Juliette leyó y releyó el poema sin preocuparse del paso de los minutos. Estaba inmóvil, con el libro abierto entre las manos, mientras fuera la llovizna se convertía en chaparrón, y el agua golpeaba la puerta de cristal haciéndola tem-

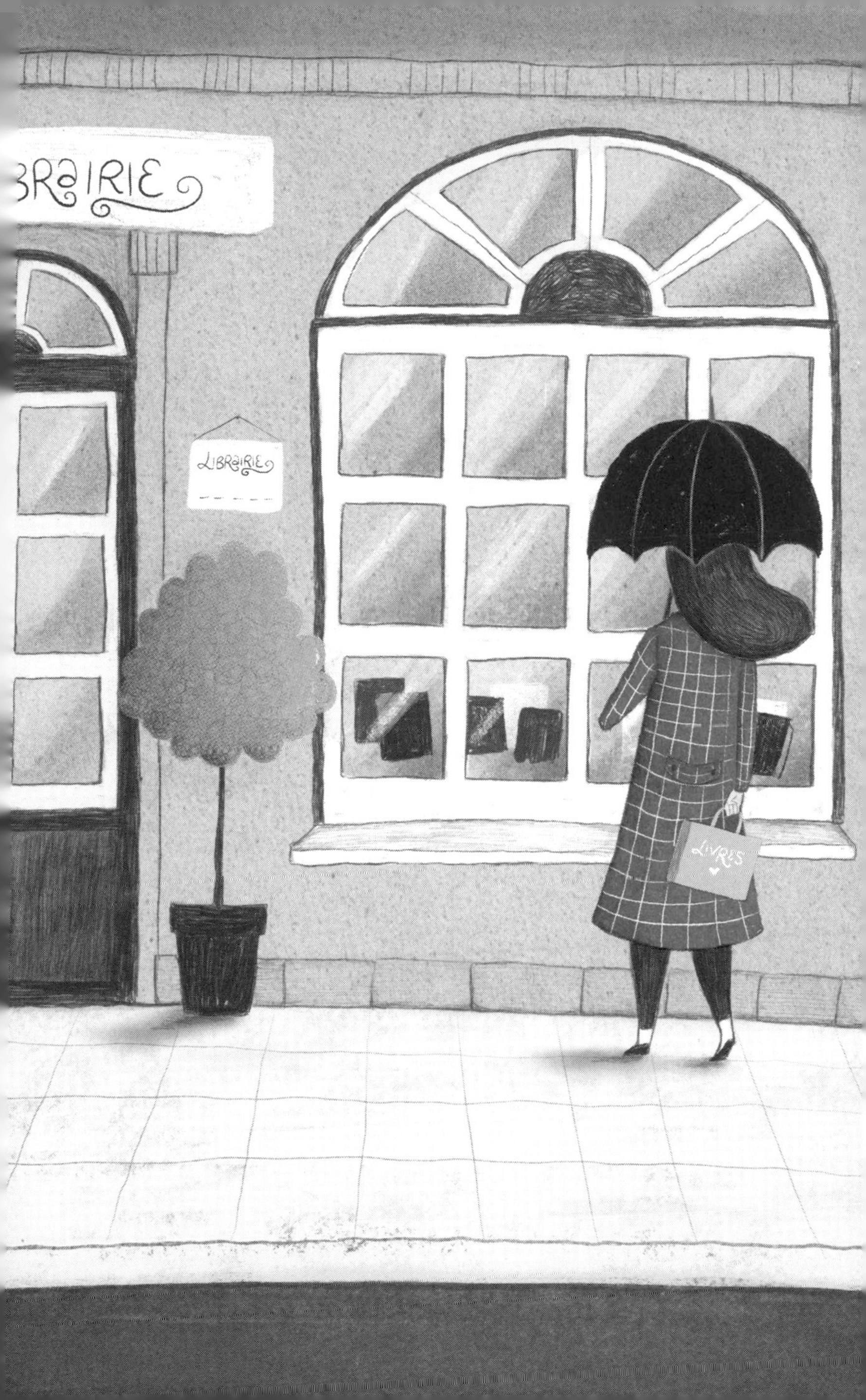

BRAIRIE
LIBRAIRIE
LIVRES

Entonces subió los escalones, accionó
el picaporte antiguo y empujó la puerta.
Se sentía en territorio conocido entre
aquellas pilas, aquel polvo de papel y
aquel olor a viejas encuadernaciones.

blar en sus goznes. Al fondo de la tienda, el librero era solo una sombra inclinada, silenciosa, una espalda cubierta de una ceniza gris, quizá llevaba siglos sin moverse, desde que se construyó la casa, en 1758, según la inscripción grabada en el frontón de piedra, muy blanco junto al rojo oscuro de los ladrillos.

Al final dijo:

—Su paraguas.

Juliette se sobresaltó.

—¿Mi paraguas?

—Está mojando los libros de la caja, a sus pies. Déjelo al lado de la puerta, estará más cómoda.

No era un reproche, sino más bien una invitación, pero Juliette cerró el libro y se acercó a él, quizá demasiado deprisa.

—Me lo quedo —murmuró tendiéndole el volumen.

—Juarroz —murmuró el hombre.

Cogió el libro con las dos manos y se acercó el canto al rostro, cerró los ojos y sonrió, como un sumiller aspirando un buen vino recién descorchado.

—El viejo Juarroz…

Deslizó el pulgar entre las páginas y lo subió lentamente, con un gesto en el que Juliette, desconcertada, vio sensualidad e incluso amor; luego cogió la página con dos dedos, la pasó con la misma lentitud cuidadosa y movió los labios. Por último levantó la cabeza y por primera vez ofreció a la chica la dulce mirada de sus ojos, enormes detrás de los vidrios arqueados de sus gafas.

—Siempre me duele un poco separarme de ellos —confesó—. Tengo que despedirme… ¿Me entiende?

—Sí —murmuró Juliette.

—Cuídelo mucho.

—Prometido —susurró, atónita.

Al salir de la tienda, dio tres pasos y se giró con un rápido movimiento hacia el escaparate con la pintura desconchada, que encerraba sus tesoros. Una ráfaga inclinó el paraguas rojo, como gesto de despedida o última recomendación.

Un gesto de despedida. Juliette miró a su alrededor. El despacho mal iluminado, los cristales grises de suciedad, que daban al patio trasero, los carteles descoloridos de la pared, y Chloé, que acababa de girar su pantalla para que su compañera no viera su mirada; Chloé y su pelo increíble, sus minifaldas de volantes y su buen humor de todos los días, que parecía tan falso. Chloé y su risa, que acababa de convertirse en un rictus. Chloé y sus ambiciones, Chloé y sus cálculos, Chloé y su insignificancia profunda, amarga.

Detrás de Juliette estaba la pared de informes, aquella pared de color amarillo sucio que nunca veía sin que se le contrajeran los dedos de los pies. Y al otro lado de la puerta, el señor Bernard, que degustaba a sorbitos una bebida caliente en la taza de su madre. Y aún más lejos, al otro lado del escaparate, la calle, los coches, que pasaban por la carretera mojada con un suave chirrido, las demás tiendas, y los cientos, no, los miles de cuchitriles que llamaban «pisos», con los que comerciaban y que contenían a miles de desconocidos, también ellos llenos de ambiciones, habitados quizá por secretas rabias, pero también por soñadores, amantes, ciegos locos que veían mejor que otros… ¿dónde lo había leído? Sí, miles y miles de desconocidos, y ella, ella seguía allí, inmóvil, en aquel oleaje que no dejaba de romper, iba a quedarse ahí, intentando calmar la rabia de Chloé, sabiendo muy bien que nunca lo conseguiría del todo; iba a quedarse ahí viendo pasar la vida, rellenando diagnósticos de eficiencia energética y calculando la posible rebaja en los costes de venta de un ciento cuarenta metros cuadrados en Bir-Hakeim, iba a quedarse ahí e iba a morirse.

Y todos morían. Y nunca los habría conocido, nunca se habría acercado a ellos, nunca habría hablado con ellos, y nunca habría sabido nada de todas las historias que desfilaban por la acera ni de quienes cargaban con ellas.

Con un gesto mecánico empujó el cajón de la izquierda de su mesa, el cajón en el que se amontonaban los libros desde que llegó a la agencia; uno de ellos se quedó atrapado en la ranura, y el cajón se bloqueó. Juliette se inclinó y lo cogió de una esquina para sacarlo. Luego lo giró para leer el título.

La Fin des temps ordinaires, de Florence Delay.

12

—¿Ha presentado su renuncia?

Solimán, con las manos cruzadas encima de una rodilla, se mecía adelante y atrás en su silla. Cuando la rodilla tropezaba con la mesa, volvía hacia atrás; la biblioteca, a su espalda, detenía el movimiento y lo volvía a lanzar hacia Juliette, hacia el resplandor atenuado de la lámpara con pantalla verde. Así, la parte de abajo de su rostro se iluminaba, y luego la sombra volvía a atraparla.

Juliette no contestó, porque la pregunta no era una pregunta. Se limitó a asentir con la cabeza con una energía que también parecía inútil.

—Les ofrecí un libro. Antes de marcharme —aclaró.

—¿Solo uno?

—No. Uno para Chloé y otro para el señor Bernard.

—Espere.

Dos patas de la silla golpearon el suelo ruidosamente y Solimán alargó el brazo para coger su libreta, cuyas páginas pasó con extraño frenesí.

—¿A qué día estamos ya? Debería tener aquí un calendario, una agenda, no sé…

—O un móvil —añadió la chica reprimiendo una sonrisa.

—Ni muerto.

Se interrumpió bruscamente, frunció el ceño como si se le hubiera ocurrido algo desagradable y luego alzó los hombros.

—¿13 de enero? No…

—15 de febrero —le corrigió Juliette.

—¿Ya? Cómo pasa el tiempo. Pues tenía una cita ayer en… no importa. Sigamos. Deme la dirección de su agencia inmobiliaria, el nombre de los lectores, la hora aproximada… Siempre recomiendo mirar la hora cuando se pasa un libro, me parece importante…

—¿Por qué?

Solimán levantó la cabeza de la libreta, en la que acababa de trazar una raya horizontal con regla. Juliette observó que estaba más pálido de lo habitual y que tenía una marca roja en el pómulo. Quizá se había cortado al afeitarse. Su pelo negro, siempre alborotado, parecía apagado y sin vida.

—¿Cómo que por qué?

—Ni siquiera sabe a qué día estamos.

—¿Eh? Seguramente tiene usted razón…

Se calló mientras Juliette enumeraba los datos que le había pedido. No contestó a su pregunta, solo mostró indiferencia, y una vaga tristeza, que ella no podía analizar, la hizo estremecerse.

—De hecho —siguió diciendo Solimán de repente—, la hora… No sé si lo entiende, todavía es novata. Pero la hora… ¿Se pasa un libro de la misma manera a las seis de la mañana que a las diez de la noche? Si anoto todo esto es para que usted, usted y los demás, puedan consultar esta libreta en todo momento. Así se acordarán. Será incluso mejor que un recuerdo, porque mencionar la fecha y la hora engloba una infinidad de cosas: la estación, la luz, por citar solo las más evidentes. ¿Llevaba usted un grueso abrigo o un vestido de verano? ¿Y la otra persona? ¿Cómo iba vestida? ¿Cómo se movía? ¿Se había puesto ya el sol? ¿Rozaba los tejados de los edificios o se sumergía en los patios oscuros, esos que apenas adivinamos al pasar de una estación a otra? ¿No había en uno de esos patios una mujer en su ventana, no, una niña, que al pasar el tren movió un brazo, como si deseara buena suerte a amigos que se marchan a un largo viaje? Si sucediera en diciembre, solo podría adivinar la luz de una lámpara detrás de los cristales, quizá el movimiento rápido de una cortina corrida a un lado, y la mancha clara de un rostro...

En las últimas palabras, la voz de Solimán descendió hasta convertirse en un murmullo. Juliette entendió que hablaba consigo mismo, que evocaba un recuerdo concreto. Un recuerdo que ella no podía compartir, aunque la escena le parecía casi más viva, más real que su propia presencia en aquel despacho.

Volvía siempre a aquel punto, a aquella sensación que se apoderaba de ella, en cuanto franqueaba el umbral, de atravesar un espejismo, una de aquellas hermosas imágenes temblorosas que los caravaneros observaban a lo lejos, le contaron de niña, en el desierto, y que se alejaban a medida que el paso de los camellos habría podido acercar a los viajeros sedientos. Ella, Juliette, había entrado de lleno en aquella ilusión, y desde entonces se debatía por las noches con libros que se levantaban de sus pilas y planeaban como pájaros en un patio rodeado de altas paredes, con mesas sin patas y puertas de niebla densa y coloreada; a veces se escapaban hojas, volaban dando

¿Se pasa un libro de la misma manera a las seis
de la mañana que a las diez de la noche?
Si anoto todo esto es para que usted, usted
y los demás, puedan consultar esta libreta
en todo momento. Así se acordarán.

vueltas y se elevaban tan alto que no podía seguir-
las con la mirada…

—Juliette —dijo de repente Solimán—, quisiera pedirle un favor.

Ella parpadeó, desconcertada. Casi había visto los libros saliendo de los estantes, y ya no estaba del todo segura de no estar soñando.

—Sí, sí —dijo enseguida—. Encantada de
poder ayudarlo. Ahora tengo tiempo, mucho
tiempo.

—Me alegro. Egoístamente.

Se levantó y empezó a andar por la sala… El
espacio estaba tan abarrotado que Juliette se dijo
que «andar» no era la palabra correcta. Más bien
se desplazaba como un cangrejo, avanzando de
lado, dando dos pasos, retrocediendo, rozando
al pasar la cubierta de un libro o apoyando la
mano encima con fuerza. Quizá las palabras pasaban así a través del cartón o del cuero, impreg-
naban la piel, irrigaban el escuálido cuerpo, que
se tambaleaba lentamente en la penumbra.

—Quisiera saber… si podría… instalarse aquí.

Juliette lo miró fijamente con la boca entreabierta. Él le daba la espalda, pero su silencio debió de alertarlo y se giró negando con las
manos.

—No es lo que cree. Se lo explico.

Dio un curioso paso de baile que lo trasladó hasta la mesa, donde se apoyó con los brazos cruzados.

—Debo marcharme. Por... un tiempo.

—¿Marcharse? —repitió Juliette—. ¿Adónde?

—Eso no importa demasiado. Lo que sí importa es que no puedo llevarme a Zaida. Y que no hay nadie que pueda sustituirme aquí. Es usted la única a la que puedo pedírselo.

Había tanta angustia en sus ojos que Juliette no encontraba palabras que contestarle, y le faltaba el aire, se sentía aspirada, aplastada por una revelación que tardaba en llegar pero cuyo peso ya sentía en ellos, entre ellos.

Al final respiró y pudo articular:

—¿Está usted... bien?

—Estaré bien. Dentro de unos meses. Estoy seguro. Pero no quiero que mi hija se preocupe. Para ella me voy de viaje, y usted viene a vivir aquí para ocuparse de ella, nada más.

Levantó una mano, con la palma hacia la chica, e hizo el gesto de levantar una barrera. Sin preguntas, decía su mirada.

Sin preguntas, asintió Juliette en silencio.

—Debajo de la galería, al lado de nuestra casa, hay dos habitaciones que no utilizamos. Necesitan una mano de pintura, pero hice que colocaran una ducha y una cocina… Si le interesa… sin alquiler, por supuesto. Y le pagaré por…

—¿Puedo verlas? Y además… necesitaré algo de tiempo para pensarlo. Digamos hasta mañana. Eso, le contestaré mañana. ¿No será muy tarde para usted?

Él sonrió y se levantó, visiblemente aliviado.

—No, claro. La acompaño.

13

Tres semanas después, Juliette se trasladó a su nueva vivienda. Como le había dicho Solimán, en las dos habitaciones, antiguos talleres, solo entraba la luz del sol por la galería y por un pequeño patio de luces; hasta el anochecer estaban sumidas en una pálida claridad invariable, que a la chica no tardó en parecerle relajante. Solimán encontró en un trastero enormes botes de pintura de color amarillo fuerte, pinceles tan duros que hubo que sumergirlos en agua dos días enteros y lonas que colocaron en el suelo antes de ponerse manos a la obra. Grandes franjas amarillas no tardaron en cruzarse en las paredes desconchadas a medida que se desplazaban, o más bien a medida que avanzaban sus conversaciones inconexas. Zaida, agachada en la esquina más cercana a la puerta, con el pincel de su estuche de acuarelas y con una paleta en la que los pegotes de guache se superponían, se extendían y se mezclaban, pintaba flores en el zócalo. Rosas azul oscuro con tallos rojos, margaritas verdes con el círculo central violeta, tulipanes negros, «como el que Rosa cultivaba en su habitación para el pobre Cornelius, el prisionero».

—Ve a Alexandre Dumas por todas partes —explicó Solimán con una sonrisa orgullosa.

Sin preguntas, se repetía Juliette, que se moría de ganas de hacerlas. Hablaban de colores, de flores, de la tulipomanía, de los Jardines de Oriente en cuatro partes, a imagen del paraíso. Por lo demás, «paraíso» venía de una palabra persa, *pairidaeza*, le explicaba el pasante de libros, que significaba «jardín cerrado».

—Preferiría un jardín sin muros —comentó Juliette observando que el viejo peto vaquero que se había puesto por la mañana estaba tan cubierto de manchas amarillas como un campo entero de botones de oro.

—A mí me gustan los muros —soltó Zaida sin levantar la cabeza—. Nos protegen.

—Nadie quiere hacerte daño, *ziba** —dijo cariñosamente Solimán.

---

* «Guapa», en persa.

132

—Tú no sabes nada. No sabes nada de lo que hay al otro lado del muro… Nunca sales.

—Pero tuve que entrar.

—Sí —canturreó Zaida—, tuviste que entrar, tuviste que entrar…

Se quedaron ahí. Aunque a Juliette le habría gustado saber cómo llegaron allí el padre y la hija, cuál había sido su camino, de dónde venían, de qué jardín o de qué guerra, quizá, no podía evitar contarse historias sobre ellos, y aquellos destinos flotantes, truncados e inciertos acentuaban aún más el encanto que emanaba de ellos y de aquel lugar, que parecía un buque encallado en la arena de un estuario, expuesto a un cierto abandono, y sin embargo tan vivo.

Hablaban de libros y de más libros, de las novelas góticas de Horace Walpole y de *Dublineses* de Joyce, de los relatos fantásticos de Italo Calvino y de las prosas breves y enigmáticas de Robert Walser, de *El libro de la almohada*, de Sei Shonagon, de la poesía de García Lorca y de la de los poetas persas del siglo XII. Solimán dejó el pincel y recitó versos de Nezamí:

Como el astro de las noches, ¿a quién vas a visitar?
Y ese versículo de belleza, ¿para quién fue
revelado?

*Una sombrilla de ámbar gris da sombra a tu
   cabeza
Cubierta de dosel negro, ¿sobre quién vas a reinar?
¿Diré que eres miel? La miel no es tan dulce
   como tú,
¿O que cautivas los corazones? Pero ¿a cuál vas a
   colmar?
Te vas y poco falta para que entregue el alma
Oh, dolor de Nezamí...*

Y Juliette casi pegó la nariz contra la pared, conmovida por estas palabras; «pero ¿por qué? —se preguntaba pasando la mano por el contorno de un marco—, no estoy enamorada de él, pero también él va a marcharse, y todo esto, el almacén, estas habitaciones y su despacho me parecerán vacíos, pese a la voz de Zaida, sus canciones, sus juegos y sus juguetes, que recogeré de los escalones de la escalera de incendios, pese a los pasantes y los libros, pese...».

—¿No le gusta la poesía?

Qué idiota. No había entendido nada. Tampoco ella, por lo demás. Debía de ser parte de la famosa condición humana, del lote que se recibe al nacer: todos taponados a fondo, impermeables a las emociones de los demás, incapaces de descifrar los gestos, las miradas y los silencios, todos condenados a esforzarse para explicarse, con palabras que nunca eran las adecuadas.

—Sí... Sí, me gusta la poesía. Pero el olor a pintura hace que me duela un poco la cabeza.

Estaba cogido con alfileres, pero Solimán cayó en la trampa cabizbajo, le ofreció una silla, agua, una aspirina, y por fin le dijo que saliera a tomar el aire, cosa que Juliette aceptó agradecida. Salió a la galería y la recorrió observando el patio, los edificios que lo rodeaban por tres lados y que, en su mayoría, solo mostraban la fachada ciega. Nadie podía ver lo que allí pasaba, era un refugio perfecto en pleno París, un refugio o una guarida aislada y protegida. Y volvía a surgir la vieja sospecha, insidiosa, ¿le había dicho Solimán la verdad?, ¿su reclusión voluntaria, sus manías aparentemente inofensivas no escondían algo? Juliette no se atrevía a pensar qué podía ocultar aquel «algo», pero pese a sus esfuerzos por apartarlas, las imágenes la asediaban, violentas, sangrantes, atroces, imágenes que todas las cadenas de televisión habían retransmitido una y otra vez, y también aquellas puertas derribadas, bloqueadas por un cordón de seguridad, detrás de las cuales se veía un interior devastado, armas, habían encontrado armas y también listas de nombres, de lugares. Interrogaban a los vecinos, era muy educado, decía una anciana, me abría la puerta del ascensor y me llevaba los paquetes.

Juliette se pasó las manos por el rostro antes de darse cuenta de que tenía los dedos manchados de pintura, «voy a parecer un diente de león», y se rio, una risa nerviosa, que quería eliminar las imágenes terroríficas, el miedo, todo lo que iba a hacerle la vida imposible si no tenía cuidado; «vamos, Juliette, los terroristas no recitan poesía, odian la poesía, la música y todo lo que habla del amor». Era otro tópico, pero se aferraba a él, cuando naufragas no eliges tu tabla de salvación.

—Tome, le sentará bien.

Estaba detrás de ella y le tendía un vaso de cristal ahumado del que ascendía un ligero vapor.

—Es té con especias.

—Gracias —murmuró la chica.

Avergonzada, sumergió la nariz en el vaho aromático, cerró los ojos y se imaginó lejos, muy lejos, en uno de aquellos mercados de Oriente que las bombas habían reducido a la nada, en uno de aquellos jardines que ya solo existían en los cuentos. Dio un trago.

—Está bueno —dijo.

Solimán apoyó los codos en la barandilla de hierro oxidado y levantó la mirada hacia el cielo, que poco a poco viraba al malva.

—Dentro de poco no habrá bastante luz para pintar.

—Podemos encender las luces —replicó Juliette con una voz que le pareció curiosamente ahogada.

Él negó con la cabeza.

—No. Se necesita luz natural. Se necesita luz natural —repitió girando la nuca, como si esperara una avalancha de luz.

—Solimán...

—¿Sabe? —dijo sin mirarla—, los jardines aún existen. Existen *aquí*.

Se llevó una mano a la frente y enseguida la desplazó hasta el torso, al corazón.

—¿Cómo sabe...?

—El té. No puedo beber té sin pensar en ellos.

Juliette volvió a beber. Un extraño sosiego la invadía a medida que el líquido le resbalaba por la garganta. Estaba bien, y curiosamente se sentía en su lugar. Eso no quería decir que todas sus preguntas hubieran recibido respuesta. ¿Cómo las sencillas palabras «aún existen» habrían tenido ese poder? Ya no vivía en los cuentos ni, como él, en los libros. No del todo.

Pero pensaba que podría aprender a vivir con sus preguntas.

14

Cuando el hombre del sombrero verde empujó la puerta del despacho, Juliette estornudó. Para abrir un camino más cómodo a los que llegaran, acababa de desplazar toda *La comedia humana*, de Balzac, a un estante que le parecía bastante sólido para recibirla, cuando hubiera retirado una colección de novelas negras, que migrarían a la repisa de la chimenea, cuyo hogar estaba ya obstruido por una pila de relatos de viajes, entre ellos un muy curioso *Viajes de Ali Bey por Marruecos, Trípoli, Chipre, Egipto, Arabia, Siria y Turquía*, en la edición de 1816. El polvo que flotaba parecía casi sólido, y el hombre se quitó un guante y lo apartó, como si apartara una cortina en medio de la sala.

—Buenos días, señorita —dijo con voz aflautada, que contrastaba con su gordura y con la expresión casi seria de su rostro. —Se detuvo con el ceño fruncido—. ¿Dónde está Solimán?

Parecía estupefacto, un poco enfadado. Juliette se incorporó frotándose las manos en el vaquero. Inútilmente. Estaba cubierta de polvo de los pies a la cabeza.

—Se ha ausentado un tiempo —contestó con prudencia.

—Ausentado.

No recogía la palabra para interrogarla, no, solo la repetía, la masticaba, como un manjar extraño y exótico. La repitió varias veces y luego recorrió la sala con la mirada, vio un asiento libre, se dirigió a él, le quitó el polvo y se sentó sujetándose con dos dedos el pliegue del pantalón para que le cayera recto por las piernas. Hecho esto, levantó la cabeza y miró amablemente a Juliette.

—Solimán nunca se ausenta.

Lo dijo como una evidencia.

—Yo… Él ha…

La chica, incómoda, empezó a retorcerse la manga. Llevaba un jersey rojo, un poco largo y muy desgastado. Lo había sacado de la pila aquella mañana porque necesitaba reconfortarse. No dejaba de llover desde que Solimán se había marchado; Zaida estaba resfriada y refunfuñaba;

en el patio había cedido una tubería que desprendía un persistente olor a huevos podridos. Cuando se miró en el pequeño espejo colgado al lado de la ducha, el jersey rojo la reconfortó un poco. Pero en aquel momento no la protegía de su propia timidez.

Se pellizcó disimuladamente la parte de arriba del brazo.

El hombre del sombrero verde. El del metro, el de los insectos, el del papel que crujía.

Allí, en el despacho, entre las construcciones a veces efímeras de lomos y de cantos multicolores o que alternaban todos los matices del marfil, del blanco roto al amarillo sucio. En carne y hueso.

Era como si el personaje de una novela hubiera salido de su volumen para dirigirle la palabra.

—Tenía problemas… que solucionar —dijo con gran esfuerzo—. Fuera de París. Yo lo sustituyo. Provisionalmente, claro.

Por Dios, ¿iba a seguir diciendo una banalidad tras otra? Se calló, con las mejillas rojas, y se sumió en la contemplación de las zapatillas desgastadas, aunque cómodas, que reservaba para los días en que se dedicaba a poner orden. A decir verdad, desde que vivía allí, su vida cotidiana solo consistía en eso, o casi. Se sentía rodeada,

vigilada, casi agredida por todos aquellos libros…
y además, ¿de dónde venían? ¿Qué fuente al parecer inagotable alimentaba las torres, las columnas, los montones y las cajas, que parecían cada día más numerosos? Cada vez que asomaba la nariz, encontraba libros delante del portal de hierro; tropezaba con bolsas repletas, cestas desbordantes y a veces reventadas, pilas sujetas con cuerda, con goma e incluso, una vez o dos, con una cinta roja que otorgaba a aquellos ingresos anónimos una pátina anticuada y un poco novelesca.

Novelesca, sí. Aquí todo era novelesco, casi demasiado, no aguantaría mucho más tiempo, necesitaba un aire menos rarificado, menos cargado de saber, de historias, de intrigas y de diálogos sutiles, y es lo que explicó de golpe, sollozando, al hombre del sombrero verde, que, desconcertado, se quitó el sombrero y le dio torpes golpecitos en el hombro y acabó abrazándola y meciéndola como a una niña.

—No pasa nada, no pasa nada —repetía como un mantra.

—Sí —dijo Juliette sorbiéndose los mocos—. Soy una inútil. Solimán ha confiado en mí y no consigo hacer nada. Ni siquiera ordenar… todo esto.

—¿Ordenar?

Se echó a reír. Una risa extraña, como oxidada. Quizá llevaba mucho tiempo sin reírse, pensó Juliette, que se hurgaba los bolsillos en busca de un pañuelo de papel. Se secó los ojos, se mocó con fuerza y por fin se recuperó.

—Perdón.

—¿Por qué?

—Pues… porque… no nos conocemos. Debe de pensar que soy una histérica.

Una sonrisa se abrió camino en el rostro del hombre, una sonrisa que le estiró también los ojos, cuyos iris brillantes casi desaparecieron entre los párpados de piel delgada y pálida, moteada con minúsculos puntos rojos.

—Se equivoca, muchacha. En primer lugar, no creo que sea una histérica, como dice a la ligera. Y además no se lo reprocho; nunca sabemos lo que incluimos en las palabras destinadas a describir los síntomas o las afecciones que sufrimos. En segundo lugar, porque no habrá tercer punto, nos conocemos muy bien. La verdad es que mucho más de lo que cree. Verá —añadió—, no es usted la única que observa lo que lee la gente en el metro.

15

Media hora después, Juliette y Léonidas —se llamaba de verdad así, un nombre que para ella evocaba irresistiblemente una montaña de bombones de chocolate, de fruta confitada y de chocolatinas napolitanas— compartieron un cruasán con almendras que quedaba del desayuno y un café instantáneo, porque la chica se negaba a tocar la complicada máquina inventada por Solimán para elaborar el negro néctar, del que bebía al menos doce tazas al día. Al ver el sombrero verde encima de una decena de novelas inglesas, el abrigo colgado en una percha apoyada —le faltaba una pata— en las obras menospreciadas de una novelista estadounidense de gran tirada, y las volutas de la pipa que auroleaban el techo con un dosel azulado de pliegues en movimiento, se habría podido pensar que en realidad el que vivía allí era el hombre, y que Juliette era una becaria nerviosa y demasiado deseosa de hacer las cosas bien.

—Tengo que clasificar todo esto —explicó la chica—. No lo consigo. Llegan los pasantes, les doy una bolsa de libros al azar, que cojo de cualquier sitio… de hecho, de los sitios por los que ya no puedo ni pasar. Me da la impresión de que lo hago todo mal. No sé… no sé cómo lo hacía Solimán. Quiero decir cómo elegía los libros.

Léonidas no contestó a esta pregunta camuflada; pensaba con el ceño fruncido, aspirando en su pipa bocanadas cada vez más densas.

—El problema, mi querida niña, no es tanto saber cómo los elegía, sino cómo los ordenaba. Y cómo los libros decidían por sí mismos salir.

Pasaron el final de la tarde inspeccionando el despacho y la gran sala contigua, en la que Juliette todavía no se había atrevido a entrar. Era una sala de paredes vacías en la que entraba la luz por dos ventanas situadas justo debajo del techo, más anchas que altas, y que se abrían con una cadenita. Pero los cristales estaban tan sucios que la luz que se filtraba era la justa para no chocarse entre sí.

No había ninguna estantería, ni siquiera las

Leónidas —se llamaba de verdad así, un nombre que para ella evocaba irresistiblemente una montaña de bombones de chocolate, de fruta confitada y de chocolatinas napolitanas.

bibliotecas hechas con cajas de fruta que tanto parecían gustar a Solimán.

Solo libros. Libros colocados contra las paredes, en dos, tres y a veces cuatro filas. El centro de la sala estaba vacío.

—Bueno —constató Léonidas con satisfacción—, parece que Solimán había empezado ese trabajo que le parece insalvable. Aquí encontraremos una orientación, cómo decirlo… una línea directriz. Seguro.

Asintió con la cabeza dos veces exhalando un enorme aro de humo. Juliette corrió a tirar de la cadenita más cercana para que al menos entrara un poco de aire.

—Una línea directriz.

Intentó por una vez no dar a su voz un tono interrogativo que, para aquel amante de las ediciones raras, la colocaría definitivamente entre las cotorras sin cerebro.

—Mire —dijo Léonidas—, la organización de los libros tiene una historia al menos tan interesante como la de los propios libros. Conocí a un hombre… —Se echó hacia atrás y siguió diciendo—: Quizá en realidad no lo conocí. Digamos que leí un libro del que era el personaje principal… pero es una buena manera de conocer a la gente, ¿verdad? Quizá la mejor. Bien, pues aquel hombre evitaba colocar en el mismo estante dos volúmenes cuyos autores no se llevaban bien, aunque hubieran muerto... ¿Sabe usted que un juez de Verona condenó a Erasmo a donar cien escudos a los pobres por haberse burlado de Cicerón? Shakespeare y Marlowe se acusaron mutuamente de plagio, Céline llamaba a Sartre «mierdecilla», y Vallès creía que Baudelaire era un fanfarrón. En cuanto a Flaubert, era un maestro del elogio de doble filo: «¡Qué hombre habría sido Balzac si hubiera sabido escribir!». Escribir nunca ha eximido de ser envidioso, mezquino o lengua viperina... con perdón. No suelo expresarme así, pero en este caso no puedo decir otra cosa.

Juliette lo miró de reojo y se echó a reír. Aquel hombre le hacía bien. Un erudito plácido, una especie de tío como los que encontramos en las viejas novelas, de esos que cuando eres pequeña te sientan en sus rodillas y te dejan jugar con la cadena de su reloj, y más tarde, cuando no vuelves a casa en toda la noche, te proporcionan una coartada. Le habría gustado conocerlo antes.

Hablaba de los libros como si fueran seres vivos: viejos amigos, a veces temibles adversarios, algunos en el papel de adolescentes provocadores y otros en el de viejas damas haciendo punto de cruz junto a la chimenea. Según él, en las bibliotecas había sabios gruñones y mujeres enamoradas, furias desencadenadas, asesinos en potencia, delgados chicos de papel que tienden la mano a frágiles chicas cuya belleza se desintegraba a medida que cambiaban las palabras para describirla. Algunos libros eran caballos impetuosos, no amaestrados, que te llevaban en un galope desenfrenado, sin aliento, agarrado mal que bien a las crines. Otros, barcos navegando apaciblemente en un lago una noche de luna llena. Y otros, cárceles.

Le habló de sus autores preferidos, de Schiller, que nunca escribía sin haber metido manzanas podridas en el cajón del escritorio para obligarse a trabajar más deprisa, y que metía los pies en una palangana con agua helada para mantenerse despierto por la noche; de Marcel Pagnol, tan apasionado por la mecánica que patentó un «perno indesmontable»; de Gabriel García Márquez, que para sobrevivir mientras escribía *Cien años de soledad* vendió el coche, el radiador, la batidora y el secador de pelo; de los errores de Apollinaire, Balzac, Zola y Rimbaud, errores que les perdonaba de buen grado e incluso detectaba con cierto placer.

—Me encantan sus historias —dijo por fin Juliette; había anochecido hacía mucho, Zaida debía de tener hambre, y ella misma sentía desagradables contracciones en la zona del estómago—, pero no veo dónde empieza eso que usted llama «una línea directriz». Sigo sin saber por dónde empezar. ¿Por los autores que cometen errores gramaticales? ¿Por los que tienen una afición, una predisposición a la locura? ¿Por los viajeros, los sedentarios, los ermitaños?

Léonidas mordisqueó la boquilla de su pipa, cuyo hornillo llevaba mucho rato vacío, y asintió con la cabeza suspirando.

—La verdad es que yo tampoco. Pero no es grave. Váyase a dormir, pequeña. Mañana puede ver las cosas con otra luz. —Reflexionó unos segundos más—. O no.

—No es muy esperanzador…

—En la vida nada lo es. Nos corresponde a nosotros recolectar ánimos donde nuestros ojos, o nuestro entusiasmo, nuestra pasión, nuestro… lo que usted quiera, pueda encontrarlos. —Le dio unos golpecitos en la mejilla en tono indulgente—. Y usted puede hacerlo. Estoy seguro.

16

Al día siguiente, Juliette se mantuvo a distancia de los libros y dejó el despacho cerrado. Desde la galería vio a un pasante cruzando el portal, intentando abrir la puerta de cristal y luego pegando la nariz con una mano en visera por encima de los ojos, pero ella no se dejó ver. Zaida seguía enferma, un poco febril, somnolienta; la dejó con una multitud de muñequitas de trapo, sin duda hechas a mano, a las que la niña contaba historias ininteligibles mientras acostaba a una tras otra junto a su mejilla, en la almohada.

Observando las muñecas, pensó en la madre de Zaida. ¿Había muerto? ¿La echaba de menos? ¿Podía llenarse el vacío de la ausencia de una madre? Era una pregunta aterradora, porque la única respuesta evidente era: no. Juliette se preparó té, una tetera entera, llenó una taza y para bebérsela se alejó de las ventanas, de las paredes del patio, de todo lo que diera al exterior. Necesitaba un nido mullido, tranquilo y silencioso.

En el fondo, siempre había vivido así: acurrucándose en el primer refugio a su alcance. La casa de sus padres, en las afueras, una zona tranquila en la que a los vecinos les parecía insoportable el ruido de una moto pasando por la calle; la pequeña escuela del barrio, el colegio de secundaria, situado a dos calles, el instituto de formación profesional en el que se había sacado, sin alegría y sin rebeldía, el bachillerato en comercio y luego el diploma de técnico superior. Podría haber ido más lejos, al menos en el espacio, cruzar la carretera de circunvalación, no conformarse con el plan de estudios que ofrecía el pequeño centro en el que su madre había sido durante mucho tiempo la eficaz y discreta secretaria del director. No se atrevió. No, de hecho ni siquiera le apeteció.

Nunca había sido consciente de que tenía miedo, de que temía la inmensidad y la diversidad del mundo, y también su violencia.

La casa, la escuela, el colegio de secundaria y el instituto. Y por último la agencia. La agencia situada a doce estaciones de metro del estudio que compró gracias a la herencia de su abuela.

«Ni siquiera tendrás que hacer transbordo —constató su madre, aprobando su decisión—. Te simplificará la vida, cariño.»

Y si algo podía decirse de la vida de Juliette es que era simple. Se levantaba cada mañana a las siete y media, se daba una ducha, comía en la barra de su cocina americana cuatro biscotes, ni uno más, untados con crema de queso, bebía un vaso de zumo de manzana y una taza de té, y se iba a trabajar. A mediodía, a veces comía con Chloé en el restaurante vietnamita de la esquina —unas dos veces al mes, menos cuando habían hecho una venta interesante, en cuyo caso se permitían un extra—, y los demás días almorzaba la ensalada que se había preparado la noche anterior, a la que añadía en el último momento la salsa, que llevaba en un frasquito de alcaparras cuidadosamente vaciado y lavado. Siempre tenía una manzana en la mesa, y una bolsita de galletas para la hora de la merienda. Por la tarde volvía a casa, hacía un poco de limpieza y cenaba viendo la televisión. Los viernes por la noche iba al cine, los sábados a la piscina, y los domingos comía en casa de sus padres, y luego los ayudaba con la jardinería, que ocupaba tanto su tiempo como sus conversaciones.

Alguna vez los hombres alteraron aquella rutina. Pero no por mucho tiempo. Aquellos hombres eran como agua corriente, se le escurrían entre los dedos, no sabía qué decirles, sus caricias eran torpes, se daba cuenta de que se aburrían bajo el edredón de rayas una vez atenuada la sacudida del placer.

Cuando la dejaban, Juliette lloraba varios días y metía la nariz en la bufanda de su abuela, aquella bufanda azul que le gustaba pensar que conservaba trazas, aunque ínfimas, del perfume de la mujer que la había tejido. No era así, por supuesto. La bufanda olía a lavanda industrial, por el jabón de la ropa, porque tenía que lavarla de vez en cuando; a chili, el único plato que a veces Juliette se arriesgaba a preparar, y al eucalipto que impregnaba los pañuelos de papel de la marca que su madre siempre había comprado.

Su madre había muerto hacía dos años, una tarde de primavera, mientras se levantaba victoriosa de un arriate del que acababa de quitar las malas hierbas. La cesta de las malas hierbas cayó al suelo, y ella también, con los ojos abiertos, mirando fijamente el cielo. Ni siquiera le dio tiempo a llamar a su marido, que estaba bastante cerca, aclarando semilleros de zanahorias.

La echaba de menos. Sí, la echaba de menos. Siempre se había esforzado por allanarle el camino a su hija y orientarla hacia los caminos más seguros, en los que no había obstáculos ni dificultades. Ni aventuras. Ni imprevistos de ningún tipo. Nada que pudiera hacerle mucho daño, pero tampoco nada que pudiera apasionarla, sacarla de sí, de sus inseguras certezas, de su vida casi enclaustrada, agradable y monótona.

¿Por qué Juliette se había dejado arrastrar? Casi todos se dejaban arrastrar. En el lugar de donde venía no había muchos rebeldes. Sí, claro, algunos fumaban porros cuando quedaban por la noche o cometían pequeños delitos, como robar un CD en el centro comercial o hacer una torpe pintada en la pared de un chalet, pero eso no era rebeldía. A todos les faltaba la ira. Y el entusiasmo.

Les faltaba la juventud.

Su abuela había luchado por el derecho al aborto, por la igualdad hombre-mujer, por los derechos civiles de los negros estadounidenses, contra las centrales nucleares, las deslocalizaciones, las masacres en Vietnam y la guerra de Irak. Toda su vida había repartido octavillas, participado en manifestaciones, firmado peticiones y mantenido interminables conversaciones apasionadas sobre la manera o las maneras de cambiar el mundo, a los hombres y la vida. La madre de

Juliette decía sonriendo: «Mi madre es un auténtico cliché». Y era verdad, habría podido aparecer en una película sobre los años setenta, aquella mujer, que vivía en una pequeña granja restaurada de un minúsculo pueblo de los Pirineos, solo llevaba fibras naturales, se hizo vegetariana mucho antes que los pijipis parisinos, leía a Marx (¿quién leía a Marx?) y cultivaba cannabis bajo la ventana de su habitación.

Y tejía inmensas bufandas para todos sus seres queridos.

La taza de Juliette estaba vacía. La rellenó y humedeció los labios en el líquido tibio, el té de Solimán, que no había tardado en convertirse en su preferido. Aquel día, respirando el ligero vaho, pensaba en jardineras de naranjos, en terrazas, en la caricia de la bruma marina, en blancas columnas rotas y en Italia, que nunca había visto, salvo a través de sus lecturas.

¿Había que viajar a los países que te habían gustado leyendo?, se preguntó mirando fijamente una araña que tejía rápidamente una tela casi invisible en una esquina del techo. Por lo demás, ¿existían aquellos países? Seguro que la Inglaterra de Virginia Woolf había desaparecido tanto como el Oriente de *Las mil y una noches* o la

¿Había que viajar a los países que te habían gustado leyendo?, se preguntó mirando fijamente una araña que tejía rápidamente una tela casi invisible en una esquina del techo. Por lo demás, ¿existían aquellos países?

Noruega de Sigrid Undset. En Venecia, el hotel en el que se alojaban los personajes de la novela de Thomas Mann ya solo subsistía en las espléndidas imágenes de Luchino Visconti. Y Rusia… Desde el carruaje sobre patines de los cuentos, que se deslizaba incansablemente por la estepa, se veían lobos, cabañas colocadas sobre patas de pollo, inmensas extensiones nevadas, bosques negros llenos de peligros y palacios de hadas. Bailaban ante el zar bajo las arañas de cristal, bebían té en tazones de oro, se ponían gorros de pieles (¡qué horror!) hechos con la piel de un zorro plateado.

¿Qué encontraría de todo aquello si cogiera el avión para ir a una de aquellas partes del mundo, zonas confusas, de fronteras cambiantes, en las que en un instante había recorrido distancias casi inconcebibles, en las que había dejado correr los siglos, había revoloteado entre las constelaciones, había hablado a los animales y a los dioses, había tomado el té con un conejo y había probado la cicuta y la ambrosía? ¿Dónde se escondían sus compañeros, el conde Pierre de *Guerra y paz*, la traviesa Alicia, Pippi Calzaslargas, tan fuerte que levantaba un caballo, Aladino y Caballo Loco, y Cyrano de Bergerac, y también todas aquellas mujeres en cuyos destinos y pa-

161

siones había pensado y repensado, evitando a la vez vivirlos ella misma? ¿Dónde estaban Emma Bovary, Anna Karénina, Antígona, Fedra y Julieta, Jane Eyre, Scarlett O'Hara, Dalva y Lisbeth Salander?

En el fondo, entendía a Solimán. Él al menos no fingía llevar una vida «normal». Se atrincheró voluntariamente en una fortaleza de papel de la que a menudo enviaba fragmentos al exterior, como botellas al mar, gestos de ofrenda y de cariño destinados a sus semejantes, los que se enfrentaban a la vida real al otro lado de los muros.

Si estas palabras tenían sentido.

Bueno, ahora le dolía la cabeza. Quizá el resfriado de Zaida era contagioso. O acaso era el polvo, los kilos de polvo que había respirado los últimos días.

Queda el polvo. Era el título de una novela flamante que había visto en lo alto de una pila, al lado de la mesa de trabajo de Solimán. Una novela negra, por la cubierta. Quizá el mejor remedio para un día de lluvia, de resfriado, de cierto desánimo.

Era también una bonita frase para concluir pensamientos, o ensueños, tan deshilvanados como los suyos.

17

—Me gustaría hablarle de las arañas.

El hombre del sombrero verde se sobresaltó y su té se desbordó en el platillo. Juliette corrió con una servilleta de papel en la mano. Él la apartó con un gesto. Siempre esa sonrisa, se dijo, la sonrisa del gato de *Alicia en el país de las maravillas*. Amable y distante a la vez. Ante él se sentía demasiado joven, torpe, confusa, con «manos que huyen», como decía su abuela, manos a las que se les escapaba todo, que no sabían ajustarse a la forma de los objetos, dominarlos o mimarlos. Incluso le dio la impresión de haber derramado ella el té, y quizá lo había hecho, por su comentario incongruente.

Era por el libro, el libro sobre insectos que él leía en el metro. La primera vez que se fijó en él, lo tomó por un coleccionista o un investigador.

No pensó «este tío está en la luna», aunque... sí, la verdad es que lo pensó.

Y ahora estaba allí.

Iba casi todos los días. Llamaba suavemente a la puerta del despacho a las 15.47 o las 15.49. Juliette suponía que aquella regularidad dependía de los metros. Echaba de menos la línea 6, con sus habituales puntos de referencia, la lancha del Ministerio de Economía amarrada bajo el porche fluvial, la línea ondulante, verde prado, de las dársenas, en la otra orilla, las cristaleras de las estaciones al aire libre, la pequeña guardería con el tejado cubierto de tejas, una casa aislada en medio de edificios cada vez más altos que la dominaban —la había observado muchas veces con una punzada de nostalgia que no sabía a qué respondía—, los frescos de la Porte d'Italie en las paredes laterales de edificios construidos en los años noventa, el puente de Bir-Hakeim, la terminal Passy y su aspecto de estación de provincias...

También echaba de menos a los desconocidos a los que había dado libros con el título cubierto por las cartulinas de colores de Zaida, las personas a las que aquella cubierta les prometía felicidad y transformación, y a las que le habría gustado volver a ver, no necesariamente para hacerles preguntas, no, la lectura era algo muy íntimo y valioso, sino para observarlas, para acechar en su rostro el indicio de un cambio, de un mayor bienestar, de una alegría, aunque fuera efímera. Quizá era una idiotez.

—¿Es una idiotez? —le preguntó a Léonidas tras haberle comentado sus reflexiones.

—Creía que íbamos a hablar de las arañas…

—También. Usted es especialista en insectos…

—En realidad no. Pero no me canso de contemplarlos. A mi modo de ver, en ningún otro ser vivo el designio de la naturaleza alcanza tanta perfección.

—¿Por eso siempre leía el mismo libro? ¿En el metro?

—Sí. Con la vergüenza que me inspiraba mi cobardía y el sufrimiento por mi silencioso amor, necesitaba tranquilizarme. ¿Y qué hay más tranquilizador que la estructura de los élitros del humilde *Gryllus campestris*, o grillo de campo? —Se revolvió en su asiento, incómodo—. Ya hemos hablado bastante de mí. ¿Por dónde quiere empezar?

—Por las arañas. ¿Por qué suben por las tuberías? ¿Por qué dejan un lugar seguro por otro mucho más peligroso?

Léonidas cruzó y descruzó varias veces sus manos blancas, muy cuidadas. Llevaba las uñas perfectamente limadas.

—La pregunta no atañe solo a las arañas —respondió por fin—. Podría darle una pequeña conferencia sobre las costumbres de estos insectos, pero me da la impresión de que no es lo que busca. ¿Me equivoco?

Entonces la velocidad de Juliette se precipitó, las palabras se atropellaron, necesitaba decirlo todo, de cualquier manera, su desconcierto frente a aquella nueva vida a la que se acostumbraba lentamente, demasiado lentamente, aquella visión clara, despiadada, que de repente le había mostrado la banalidad de su vida anterior, sus dudas, sus miedos, aquella pizca de esperanza obstinada que quizá anidaba entre las páginas de aquellos incontables libros imposibles de clasificar.

—Yo también estaba cubierta de polvo —dijo Juliette—. Se acumuló sin que me diera cuenta, ¿lo entiende?

—Creo que sí —contestó Léonidas—. ¿Y ahora?

Juliette cerró un instante los ojos.

—Todo esto —levantó la mano como para mostrarle la sala en la que estaban y, más allá, el almacén, el patio, la escalera de hierro inestable, las habitaciones que daban a la galería, el rectángulo de cielo por encima de las paredes y de los techos de los edificios vecinos— ha soplado sobre mí como un fuerte viento helado. Me siento desnuda. Tengo frío. Tengo miedo.

Lo oyó moverse. Léonidas le apoyó suavemente una mano en la frente. A ella le recordó los gestos de su abuela, cuando iba a verla a los Pirineos, en invierno, y se resfriaba por haber jugado demasiado en la nieve con los zapatos mojados.

—Felicidades…

Juliette creyó haber oído mal. ¿Por qué la felicitaba? ¿En qué merecía elogios? La mano, ligera, no se quedó mucho rato en su piel. La sintió alejarse. Léonidas recuperó su sitio en el sillón y se desmoronó. Ella no se atrevía a levantar los párpados. Aún no. Quizá había confundido sinceridad e ironía. Quizá…

¡A la mierda todos los «quizá»!

Lo miró. Los rasgos del hombre, acariciados por el humo azul que escapaba del hornillo de su pipa, ondeaban, cambiaban: era el genio de la lámpara, el duende que surge, travieso, de una brasa o de un pantano salpicado de luces pálidas, saltarinas.

Léonidas se quitó la pipa de la boca, la elevó a la altura de la sien y se la golpeó suavemente con la boquilla.

—Tener miedo es bueno —siguió diciendo, tranquilo—. Empieza a entender que el gran orden que tiene en mente, y contra el que nada tengo que objetar, créame, no debe producirse entre estas paredes.

—¿Dónde, pues?

No reconocía su propia voz, febril y ávida.

—Aquí. Llámelo como prefiera, la mente, la cabeza, el corazón, el entendimiento, la conciencia, los recuerdos… Hay muchas otras palabras. A mi modo de ver, todas insuficientes. Pero eso no importa. —Se apoyó en los reposabrazos y se inclinó un poco hacia ella—. Todos estos libros deben encontrar su sitio en usted. En usted. En ningún otro sitio.

—¿Quiere decir… que tengo que leerlos todos? ¿Todos?

Como no respondía, ella se movió y cruzó los brazos delante del pecho en un gesto de protección.

—Y aunque lo consiguiera… ¿qué pasaría después?

Léonidas echó la cabeza un poco hacia atrás e hizo un aro de humo perfectamente redondo, que observó pensativo mientras se deformaba subiendo hacia el techo.

—Los olvidará.

18

Entonces se puso a leer. Estableció otra rutina: se levantaba temprano, preparaba el desayuno de Zaida y revisaba su cartera, bajaba la escalera de hierro, que resonaba bajo sus suelas, le decía adiós con la mano sujetando la pesada puerta, entre cuyos batientes deslizaba el «cuco» que sustituía al anterior, ahora con pedazos húmedos, y entraba en el despacho.

Los libros estaban ahí. La esperaban. Juliette había aprendido a navegar entre las pilas, con agilidad, a evitar las esquinas de las cajas y a rozar las bibliotecas sin provocar derrumbamientos. Ya no sentía aquella sensación de ahogo que a veces la había obligado a salir de la sala, luego del patio, y a andar a grandes zancadas por las calles, con los brazos cruzados sobre el pecho para protegerse del viento cortante. El montón de libros se había convertido en una presencia amistosa, una especie de edredón mullido en el que le gustaba instalarse a sus anchas. Cuando había cerrado la puerta de cristal, creía incluso oír una especie de zumbido, más bien una vibración, que ascendía de las páginas y la llamaba. Se quedaba quieta, contenía la respiración y esperaba. La llamada era más fuerte por aquí... no, por allá. Procedía de la chimenea obturada, o del rincón oscuro detrás de la escalera plegable. Entonces se acercaba con precaución, con la mano extendida para acariciar los lomos de cartón o forrados de cuero gastado. Y se quedaba quieta.

Ahí estaba. Era *aquel*.

Juliette supo desde el primer día que no sería capaz de elegir por sí misma entre los miles de libros que Solimán había acumulado. Así que se entregó a la selección aleatoria que ya había experimentado cuando pasaba libros en el metro. Bastaba con esperar. Con quedarse tranquila. Aunque ella no veía los libros por dentro —millones de frases, de palabras que pululaban como colonias de hormigas—, los libros sí la veían a ella. Se ofrecía a ellos. ¿Una presa fácil, que queda al descubierto sin intentar huir ni defenderse, suscita la desconfianza del depredador? ¿Debía realmente ver los libros como pequeñas fieras

Bastaba con esperar. Con quedarse tranquila. Aunque ella no veía los libros por dentro —millones de frases, de palabras que pululaban como colonias de hormigas—, los libros sí la veían a ella.

que sueñan con salir de su jaula de papel, saltar sobre ella y devorarla?

Quizá. No tenía la menor importancia. Sentía *deseos* de que la devoraran. Unos deseos que la mantenían despierta por las noches, la sacaban de la cama al amanecer, la retenían por la noche, hasta muy tarde, bajo la lámpara de estilo industrial que había comprado en el mercadillo de la calle de al lado. Hasta entonces nunca se había alejado tanto, se limitaba a hacer la compra en el colmado de la esquina.

Leía tumbada boca abajo en la cama, agachada contra la barandilla de la galería cuando un rayo de sol caldeaba el ambiente, leía acodada en el escritorio de Solimán y en la mesa de la cocina, donde preparaba las comidas de Zaida, leía dando vueltas con gesto decidido a las hamburguesas en la sartén, salteando champiñones y removiendo una bechamel. Incluso había encontrado una postura, cierto que dolorosa, que le permitía leer mientras pelaba verduras; bastaba con meter el libro en el hueco de sus brazos y pasar las páginas con un tenedor que sujetaba entre los labios. Pensándolo bien, era infantil. Leía en el cuarto de baño, como la clienta de Chloé (¿habría terminado *Rebeca*? ¿El final de la novela habría sentenciado el fin de su felicidad en el piso mal distribuido cuyas imperfecciones habían quedado ocultadas por el prestigio de una historia de amor?), bebiéndose el café e incluso atendiendo a los pasantes, lanzando a la página empezada vistazos intermitentes y ávidos mientras tendía a uno o a otro una pila de libros recogidos aquí o allá, con una sonrisa de disculpa de propina.

Juliette se metía en cada historia como en una piel brillante y nueva; su piel se impregnaba de sal y de perfume, del natrón utilizado para que los miembros de Tahoser, la protagonista de *La novela de la momia*, conservaran su flexibilidad, de las caricias de un desconocido a bordo de un navío, del polen de árboles que crecen en la otra punta del mundo, a veces de la sangre que brota de una herida. Sus oídos se saturaban de los clamores de los gongs, del chirrido de las flautas antiguas, de las palmadas que marcaban el ritmo de una danza o aclamaban un discurso, del silbido de las olas girando, en su vientre glauco, guijarros redondeados. Sus ojos quemados por el viento, las lágrimas y la densa sombra de ojos de las cortesanas. Sus labios hinchados por mil besos. Sus dedos cubiertos de un invisible polvo dorado.

De aquellas lecturas desordenadas emergía a veces mareada, casi siempre ebria de espacio, de pasión y de terror. Ya no era ella la que, a las cinco menos cuarto de la mañana, recibía a Zaida en la puerta de la cocina. Era Salambó, Alejandro, Sancho Panza o el barón rampante, la terrible lady Macbeth, la Charlotte de Goethe, Catherine Earnshaw... y a veces Heathcliff.

—Cuéntame —exigía la niña.

Y Juliette le contaba mientras le untaba tres rebanadas de pan con mantequilla, ni una más, ni una menos. Rebanadas que la niña degustaba a mordisquitos, había que prolongar el placer.

—Eres como Solimán —comentó la niña al quinto día.

Juliette había observado que nunca decía «papá». Para ella, Zaida era una adulta minúscula, a veces mucho más seria, y con una lógica implacable.

—¿Por qué como Solimán?

—Siempre dice que ha ido al otro extremo del mundo sin moverse de su silla. ¿Vas a hacer lo mismo? Ya no sales. Paseas por tu cabeza. Yo no podría.

—Pero te gustan las historias —replicó Juliette, que introdujo el dedo en el bote de mermelada de frambuesa y se lo chupó, olvidando que supuestamente debía dar ejemplo de modales.

—Sí, porque...

Zaida apoyó la barbilla en su pequeño puño y empezó a reflexionar con el ceño fruncido. Aquella expresión hacía que se pareciera tanto a su padre que Juliette se conmocionó, se alteró. Echaba de menos a Solimán. No tenía noticias suyas y empezaba a preocuparse.

—Porque las historias me dan ganas de tener yo también aventuras —dijo por fin la niña—. Pero no puedo, porque aún soy muy pequeña. A vosotros no os gustan las aventuras —la acusó.

—¡Claro que sí!

—Estás de broma. Apuesto a que ahora tendrías miedo en el metro.

Juliette levantó la mano derecha, con la palma hacia Zaida.

—¿Quieres apostar? No me asusta.

—Depende de lo que apostemos —contestó la niña con picardía—. Las apuestas de los adultos no son divertidas. Me apuesto un viaje.

Juliette alzó una ceja, sorprendida.

—¿Un viaje? Pero no sé si…

—Un viaje a donde sea. A la obra de detrás del colegio. A las grandes torres que vi un día yendo al dentista. A donde sea. Un viaje es cuando vas a un sitio que no conoces —añadió.

—Vale —murmuró la chica, acongojada.

—¿Y tú qué apuestas?

Juliette tragó saliva. No iba a echarse a llorar ante aquella niña que soñaba con lejanías tan cercanas, como si salir de su barrio fuera un raro regalo.

—Lo mismo.

La maravillosa sonrisa que le dedicó Zaida fue una recompensa y un castigo a la vez.

—Mañana volveré a coger el metro —afirmó.

—Harás toda la línea.

—Toda la línea, te lo juro. En los dos sentidos.

—¿Varias veces?

—Si quieres, varias veces. ¿Por qué?

—Es mejor, ya lo verás.

Sin duda la cría se parecía muchísimo a su padre.

19

Zaida no se equivocaba. Juliette se dio cuenta en el mismo instante en que subió, sin aliento, las escaleras que llevaban al andén: tenía miedo. El capazo colgado del hombro pesaba: había cogido cuatro libros, uno de ellos muy grueso, seguramente ruso, no había mirado el título. El peso la tranquilizaba, la anclaba entre los cuerpos que se apiñaban a su alrededor. Había olvidado que eran tantos. Había olvidado los perfumes a veces agresivos, los pisotones, los murmullos, las miradas que se giraban cada dos o tres estaciones, cuando pasaba un sin techo extendiendo la mano o soltando con una voz monótona una súplica que repetía en cada vagón. Había olvidado los traqueteos, los golpes, los pitidos, la garganta negra de los túneles, el repentino chorro de luz cuando el metro emergía a los viaductos, cuando un rayo de sol se reflejaba en una ventana o en una fachada e iluminaba los rostros.

Pegada a una ventana, oscilaba al mismo ritmo que los demás. Abrió un libro, una novela muy negra que aspiraba su atención como un vórtice; de vez en cuando escapaba de un sobresalto, cuando un brazo o un codo la rozaban, cuando una risa demasiado aguda resonaba en el estrecho espacio, cuando el bajo obstinado que crepitaba en los auriculares de un viajero se mezclaba con los sonidos que imaginaba al leer.

Leyó hasta el final de la línea, por una vez sin temor a saltarse la parada; era insólito, pero cómodo.

Nation. Se quedó sola, sin levantar los ojos de las páginas que pasaba. Luego el metro volvió a ponerse en marcha, esta vez en sentido contrario. Ella no cambió de sitio. Y la ciudad volvió a desplegarse ante su mirada distraída; mantenía un dedo entre dos páginas, se apartaba de ellas y volvía a su personaje, rubio, delgado, inocentemente cruel… y sediento de amor.* Los sótanos en los que luchaba se superponían a las imágenes que temblaban en los cristales golpeados por la lluvia, deformadas, angulosas, sus co-

* Paola Barbato, *A mani nude*, Milán, Rizzoli, 2008.

lores se mezclaban y hacían surgir un centelleo engañoso y fugaz.

Una ciudad o más bien su imagen inversa, la misma, y el mismo lado de la vía, Juliette nunca se había fijado, pero siempre había preferido tener el Sena a su derecha cuando iba a l'Étoile, siempre miraba por ahí, y por la tarde se sentaba de manera que pudiera recorrer con la mirada el río girando la cabeza a la izquierda, en el sentido de la marcha.

—Estás de verdad chiflada.

Juliette se sobresaltó. Ella misma podría haber dicho estas palabras, quizá incluso las pensó, pero la voz era de Chloé.

Chloé, sentada frente a ella, con un traje verde ácido, con un pañuelo rosa y un brillo de labios a juego.

—He intentado llamarte diez mil veces.

Juliette rechazó la imagen del móvil enterrado debajo de las pilas aún sin ordenar del *Grand Larousse du xixe siècle* en quince volúmenes, una rareza encuadernada en cuero plena flor.

—Me he… Creo que me he quedado sin batería.

Ni siquiera era mentira. Lo que no impedía que se sintiera culpable.

—Hace una hora que te sigo —dijo Chloé—.

Has ido hasta Nation, con la nariz pegada a tu libro, y ahora vuelves. ¿Qué te traes entre manos? ¿Trabajas para la corporación de transportes? Haces encuestas, ¿no es eso? ¿Escribes cosas en los márgenes? Conste que lo preferiría, porque si no estás para que te encierren, querida.

Juliette no pudo evitar sonreír. También había echado de menos a Chloé. Su pelo increíble, sus dientes irregulares, su sonrisa, sus tacones vertiginosos y sus comentarios incisivos. Incluso sus compras compulsivas en internet y su desastroso gusto vistiendo… lo había echado de menos todo.

—¿Ya no me odias? —preguntó algo angustiada.

—¿Odiarte? ¿Por qué?

—Por los libros.

—¿Qué libros? Ah, aquellos… Claro que no, he pasado a otra cosa, cariño. Solo tú podrías dar importancia a… —De repente Chloé frunció el ceño, como si le volviera a la memoria un recuerdo medio enterrado—. Ahora que lo dices… Me dejaste un libro cuando te marchaste. En mi mesa. ¿Verdad?

—Sí —contestó Juliette—. ¿Lo has leído?

—Más o menos. Bueno, sí. —Miró a los demás pasajeros, puso mala cara y susurró tapán-

—Estás de verdad chiflada.

Juliette se sobresaltó. Ella misma podría haber dicho estas palabras, quizá incluso las pensó, pero la voz era de Chloé.

dose la boca con una mano—: Sí, lo he leído. Y entero.

—¿Y?

Juliette temía presionar demasiado, pero le quemaba la curiosidad.

Chloé se incorporó y se colocó bien el pañuelo sacando pecho.

—Y he dejado el trabajo.

—¿Tú también?

—Yo también. Y ¿sabes qué?, me da la impresión de que el libro estaba de acuerdo conmigo. Incluso que me animaba a hacerlo. Que me empujaba. A ti debe de parecerte normal, pero a mí…

Dejó la voz flotando en la última vocal, con los ojos abiertos como platos, casi asustados, como si de repente se diera cuenta de que la habían manipulado mentalmente o de que la habían hipnotizado sin que lo supiera.

—¿Y ahora qué haces? —le preguntó Juliette un poco preocupada.

De Chloé se podía esperar cualquier cosa: había montado una empresa para sacar a pasear a mascotas raras del distrito XVI, especializada en lagartos gigantes; presentaba modelos de lencería sadomasoquista; organizaba visitas a las alcantarillas de París con efectos de sonido; repartía cócteles de whisky, queso Kiri y kiwi a cualquier hora y en bicicleta…

—Estudio pastelería. Y maquillaje. Y contabilidad —enumeró Chloé—. Me dio la idea el *home staging*, ¿sabes? Y tu libro.

—Pero ¿qué idea?

—Organizar bodas. O parejas de hecho, o lo que quieras, uniones druídicas, por ejemplo, o bendiciones en paracaídas con cura y todo. Organizar algo para las personas, y hacerlas felices. Si son felices ese día, ya entiendes, muy muy felices, no querrán destruir esa felicidad, y entonces se esforzarán. Además tendrás que hacerme una lista…

—¿De amigos míos que quieran casarse? Olvídalo.

—No —siguió diciendo Chloé con expresión de estar a punto de perder la paciencia—. De libros. Regalaré uno a cada pareja. Será el extra, la guinda del pastel, ¿lo entiendes?

Sí, Juliette lo entendía. Pero otra pregunta le quemaba en los labios:

—Chloé… Me da vergüenza, pero he olvidado qué libro te dejé. Aunque lo elegí a propósito para ti… No te lo tomes a mal… En los últimos tiempos me he dedicado mucho a los libros —era consciente de que era un eufemismo—, y todo se mezcla.

Su antigua compañera de trabajo la miró con la indulgencia que suele reservarse a los niños de tres años y a las personas seniles.

—Lo entiendo, querida.

Rebuscó en su bolso y sacó triunfalmente un pequeño volumen.

—¡Tachán! ¡Aquí está! Ya no lo suelto. Es mi amuleto. He comprado cinco ejemplares para asegurarme de llevar siempre uno conmigo.

Juliette miró la cubierta, en la que una flor escarlata, sobre un fondo azul, estaba posada sobre una mano femenina que emergía apenas de la manga de un jersey de lana gruesa.

Ito Ogawa. *El restaurante del amor recuperado*.

20

«Cambiar de sitio. Tengo que hacer el esfuerzo de cambiar de sitio. Y no solo en el metro.»

Juliette no dejaba de repetirse estas tres breves frases desde que había visto a Chloé, radiante, alejándose por el andén de la estación Pasteur. Pasando junto a una pareja de novios haciéndose fotos delante de un cartel gigante del perfume Chanel N.º 5. La novia llevaba un vestido amarillo limón de tul y parecía una mariposa. Para salir volando ¿adónde? A un túnel. No era un pensamiento positivo, se reprochó. Pero no se podía ser *siempre* positivo.

Sin embargo, aquel encuentro le había ido bien. Se había enterado, pasmada, de que el señor Bernard había cerrado la agencia. Que había embalado su cafetera personal y su valiosa taza de té, y se había ido a vivir a una casa en la linde del bosque, en algún lugar de Ardèche. Dijo a Chloé que por fin había entendido cuál era su deseo más profundo: salir de casa por la mañana y ver un corzo huyendo en la bruma.

—¿Le dejaste un libro también a él? —le preguntó Chloé.

—Sí.

—¿Qué libro era?

En este caso Juliette lo recordaba muy bien. *Walden o la vida en los bosques*, de Henry David Thoreau. Había dudado entre este y un libro de relatos de Italo Calvino. Eligió a peso. Se dijo que el señor Bernard desdeñaría un volumen demasiado delgado, siempre había dicho que le gustaban las personas «con consistencia».

Entró dando saltitos en la callejuela en la que el gran portal oxidado, a la izquierda, formaba una mancha oscura y opaca. Se sentía bien. Quizá después de todo era capaz de hacer algo útil con su vida, de insuflar en las personas, con los libros que les daba, un poco de energía, un poco de valor o de ligereza. «No —se corrigió enseguida—. Es el azar. Tú no tienes nada que ver, no te des tanta importancia, querida.» Esta última frase le surgió automáticamente, sonaba como una canción infantil, como palabras que se canturrean sin prestar atención a lo que significan, pero que siempre se recuerdan.

¿Quién se lo dijo? Ah, sí: una maestra de cuarto de primaria. Cada vez que conseguía o creía conseguir algo. La maestra no creía en las virtudes de lo que ahora llaman «refuerzo positivo»; jamás salía de su boca una palabra de ánimo. Si alguien era bueno en matemáticas o en dibujo, era porque la genética, la educación o una compleja configuración planetaria lo habían decidido así. El azar. El azar. No te des tanta importancia, querida.

Tú no tienes nada que ver.

Juliette llegó ante el portal. Apoyó la mano en el picaporte de metal frío.

«Puede que en el fondo sí tenga algo que ver. Un poco.»

Lo repitió en voz alta. Era como una minúscula victoria.

Luego se fijó en un detalle anodino —al menos debería haberlo sido, aunque no lo era en absoluto— que la dejó paralizada.

El libro que mantenía la puerta entreabierta había desaparecido.

«No puede ser. No puede ser.»

Juliette no conseguía decirlo en voz alta, pero

se lo repetía una y otra vez, como para erigir una barrera entre ella y lo que Léonidas acababa de contarle, un Léonidas que había perdido su sonrisa de gato, un Léonidas pálido cuyo rostro parecía de repente un queso fresco filtrándose, filtrándose, hacia dónde, le asustaba pensarlo, aquel rostro iba a deshacerse ante sus ojos, a desplomarse y desaparecer entre las grietas del cemento, solo quedaría su sombrero, qué horrible e incongruente imagen, sobre todo en este momento...

No debería haberse apoyado en la puerta, no debería haber entrado en el patio, ni girar el picaporte del despacho.

Para oír *aquello*.

—¿Cuándo ha sucedido?

Recuperó un poco de voz. Un chillido de ratón.

—Hace tres días —contestó Léonidas—. El hospital ha tardado en encontrar la dirección, él había dado otra, falsa, por supuesto.

—Pero ¿por qué falsa?

—Creo que sencillamente quería desaparecer. Quizá pensaba en proteger a Zaida. En protegernos. Nunca lo sabremos.

—Pero cuando va uno a operarse, debe dar

el nombre de una persona de confianza, como dicen ellos —objetó Juliette.

—Lo dio.

Su rostro se arrugó aún más y juntó las manos en un gesto más de rabia que de rezar.

—Silvia. La que... Ya sabe...

No, Juliette no lo sabía. Se miró las manos, apoyadas en sus rodillas e inmóviles, como muertas.

—La que siempre llevaba encima un libro de cocina. La que... Ella también cogía la línea 6. Como usted. Como yo.

—Ah...

—Yo estaba enamorado de ella, y nunca se lo dije. Me limitaba a mirarla. En el metro. Y no todos los días. Delante de usted, Juliette. No se dio cuenta de nada, estoy seguro. Ella tampoco.

No, Juliette no se había dado cuenta de nada. Y no le apetecía seguir escuchándolo... en ese momento. Él lo entendió y se disculpó.

—Perdóneme.

Ella se quedó en silencio, asintiendo con la cabeza. Solimán. Solimán había muerto. Había muerto tras una operación a corazón abierto, una operación arriesgada que, según le dijo Léonidas, había aplazado más de lo razonable. Como si hubiera querido no tener ninguna posibilidad, añadió Léonidas.

Léonidas se enteró de todo esto en el hospital.

«Mientras yo estaba en el metro. Mientras hablaba con Chloé. Mientras estaba feliz y un poco orgullosa de mí, por una vez.»

—¿Y Zaida? —preguntó Juliette—. ¿Dónde está Zaida?

—Está aún en el colegio. Es temprano, ya sabe.

No, Juliette ya no sabía nada. Estaba allí sentada desde siempre, con aquello que se hinchaba en su vientre, se hinchaba, se hinchaba, y que no era ni una vida ni una promesa. Una muerte, mejor un muerto, un muerto reciente al que había que alojar y mecer, y consolar, y guiar…

La muerte la golpeó, y enseguida se levantó. Había prometido un viaje a Zaida —porque en realidad la apuesta no había sido tal— y mantendría su promesa. Pero después ¿no se vería obligada a…? Ni siquiera encontraba las palabras para expresar la imagen deprimente que se presentaba ante ella, y no deseaba encontrarlas, al menos de momento.

Léonidas carraspeó y se acercó a ella.

—Zaida es feliz aquí —susurró—. Pero no nos la dejarán.

Con o sin su pipa, aquel hombre era un brujo. Desde que lo conocía, Juliette había pensado muchas veces que veía a través de las cubiertas de los libros; sin duda un rostro no le ofrecía más resistencia.

—Lo sé. Pero no puedo soportar la idea de que...

No, no podía seguir. Él lo entendió, una vez más.

—Yo tampoco. En todo caso, la niña tiene madre, aunque Solimán nunca nos hablara de ella.

—Creía... que había muerto.

Léonidas apoyó con torpeza su gran mano en la de la chica. Ella se puso tensa y luego se abandonó al calor reconfortante que difundían sus dedos regordetes.

—Sé dónde vive —dijo Léonidas—. Solimán me lo dijo. El día que le descubrí que los alcoholes griegos eran tan buenos como sus infusiones. Estaba totalmente borracho, y en aquel momento sentí remordimientos. —Bajó la cabeza, con las mejillas temblorosas, y concluyó—: Ya no.

21

La mano de Zaida no tenía nada en común con
la de Léonidas: era pequeña, tan pequeña que en
todo momento Juliette temía que se le escapara.
De pie en un andén de cercanías, luchaba contra
un viento que levantaba a intervalos regulares
los papeles arrugados tirados debajo de los
asientos de plástico, los giraba en un torbellino
perezoso y luego los abandonaba un poco más
allá. Observó que los viajeros que cogían esta línea siempre debían de andar encorvados para
resistir aquella presión intermitente, bajando la
frente ante las ráfagas y levantando los hombros, agarrando el mango del paraguas con las
dos manos cuando llovía.

Dourdan-la-Forêt. Era el nombre de la última
parada. Y debía procurar no equivocarse, no subir al tren que iba a Marolles-en-Hurepoix —Zai-

da, ante el plano de la línea, repitió varias veces este nombre como si se deslizara por su lengua y dejara un rastro salado, delicioso— y Saint-Martin-d'Étampes.

—Mi viaje, mi viaje —canturreaba la niña.

Acababa de inventarse una rayuela de reglas oscuras que la obligaba a avanzar a horcajadas por la línea que señalaba la zona que no se podía traspasar, y que ella traspasaba, evidentemente, la mitad de las veces. Juliette, un poco nerviosa, tiró de ella hacia atrás. Zaida se quedó quieta y la miró mal.

—Eres como mi padre. Todo te da miedo.

A Juliette se le humedeció la palma de la mano. Quizá por centésima vez se preguntó si Léonidas y ella habían hecho bien ocultando la verdad a la hija de Solimán. En realidad, no contarle que había muerto no había sido una decisión pactada, razonable, ni siquiera una consecuencia de la compasión que sentían, ni de su pena. Habían encallado ante el obstáculo de mutuo acuerdo.

Encallado, sí. Ante ellos ya solo veían la pared, que había que saltar —imposible— o derribar, a ciegas, sin saber qué plantas que habían brotado entre las piedras morirían, se arrancarían sus raíces, quedarían expuestas, se secarían o se pudrirían. Zaida era una personita testaruda, de respuesta rápida, a veces cortante; Léonidas creía que era sólida, que tenía los pies en el suelo, que desde hacía mucho estaba acostumbrada a las rarezas de su padre, al que unas veces reñía y otras mimaba.

—Precisamente —dijo Juliette.

No se explicó más. Creía saber que todo el gremio de psicólogos, que defienden la verdad como única alternativa a la neurosis, habría desmontado su intuición en dos segundos.

Pero aquella intuición era lo bastante insistente para que por una vez decidiera confiar en sí misma. Provisionalmente.

A diferencia de lo que Juliette había creído, Zaida recibía a menudo cartas de su madre. Los últimos días le había mostrado páginas con dibujos de colores, magníficos, rodeados de leyendas en letras de molde minúsculas. «Aquí, la casa.» «Un pájaro en las ramas del granado, justo delante de la puerta de la cocina.» «Te habría gustado este paseo, un día lo daremos juntas.» «Encontré este burrito junto a un campo, hablamos mucho rato, estoy segura de que no te sorprende.»

Firuzeh firmaba con una «F» muy adornada, rodeada de volutas que parecían flotar en el papel.

—Firuzeh quiere decir «turquesa» —le explicó Zaida—. Mi madre vive muy lejos... en una ciudad que se llama Shiraz.

La arrastró a su habitación, sacó un gran atlas, demasiado pesado para ella, del montón de libros que apuntalaba su cama por el lado de la puerta, y pasando las páginas con esmero señaló con el dedo un punto alrededor del cual había trazado con rotulador un círculo de color azul fuerte.

A Juliette le costó mucho retener las preguntas que le quemaban los labios. ¿Por qué la madre de Zaida le escribía en francés? ¿Por qué Solimán se había marchado de Irán con su hija, y cuándo? ¿Qué había pasado? ¿Y por qué Firuzeh, su mujer, había vuelto a Francia hacía unos meses, pero no los había visto? Léonidas no pudo darle respuestas. Llevaba varios días inerte y mudo. Llegaba por la mañana, se sentaba justo al lado del escritorio de Solimán y se sumía en la contemplación de la foto de Silvia, la mujer de la línea 6, la que leía recetas de cocina y un día decidió ingerir su muerte, tragársela, dejarse llevar por ella como por la sorpresa de un sabor desconocido.

Apretó más fuerte la mano de Zaida. El escalofrío que la recorrió no tenía nada que ver con el

A diferencia de lo que Juliette había creído, Zaida recibía a menudo cartas de su madre. Los últimos días le había mostrado páginas con dibujos de colores, magníficos, rodeados de leyendas en letras de molde minúsculas.

viento, que no cesaba. Tenía miedo. Léonidas había escrito a la madre de la niña, por supuesto. Lo único que tenía era una dirección. Firuzeh había contestado, por supuesto, también por correo, un simple «venid» garabateado en una carta metida en el pliegue de una hoja cubierta de croquis que Juliette contempló un buen rato antes de mostrárselos a Zaida. Una casita con la fachada ensombrecida por las ramas de un árbol que parecía inmenso, probablemente un roble o un tilo; una ventana con macetas de flores naranjas y rojas en el alféizar; una cerca pintada, no en blanco sino en verde, detrás de la cual, ante un fondo difuminado de árboles ya tocados por el otoño, se veía la silueta de una cierva.

La niña acarició todos los dibujos. Ni siquiera parecía sorprendida...

—¡Ya llega! ¡Ya llega! —gritó Zaida.

Su mochila se bamboleaba, sus trenzas levantaban el vuelo y ella giraba el rostro maravillado hacia el extremo del andén. ¿Había sufrido por el encierro decidido por Solimán, por aquella vida estrecha, aunque protegida, que la llevaba cada día del almacén al colegio? Juliette hasta cierto punto había elegido su rutina; a Zaida se le impuso. Pero aquel día tanto la una como la otra sentían el escalofrío de la aventura.

Dourdan-la-Forêt… Sí, era una aventura. El más ínfimo desplazamiento, si se aceptaba, era una aventura.

22

Les costó un poco encontrar la casa. Estaba a dos kilómetros de la estación, en dirección al bosque, aquel que la madre de Zaida había pintado en las hojas que envió a su hija con manchas de acuarela que se superponían, amarillo ocre y verde claro. El aire olía a humo. El buzón era un nidal pintado de azul; estaba un poco torcido junto a un joven cerezo al que el soporte servía de tutor.

—¿Es aquí? —preguntó Zaida en tono serio.

—Creo que sí —contestó Juliette.

De repente las palabras eran pesadas y densas como las bolas de hierro con dibujos grabados que, al otro lado de la pared del almacén, los hombres lanzaban a un rectángulo de arena en el patio de un edificio. Zaida debía de haber oído durante años el ruido que hacían al entrechocar, y las exclamaciones indignadas o alegres de los jugadores. Y Juliette no pudo evitar bajar los ojos hacia la boca de la niña e imaginar que de ella saldrían los objetos más extraordinarios, como en algunos cuentos.

Pero no pasó nada. Al pie del nidal habían pisado la tierra muchas veces; se veían pisadas por todas partes, que empezaban y terminaban en la casa. Pisadas poco marcadas, aunque bien perfiladas. «Firuzeh tiene pies de bailarina —observó Juliette—, debe de ser bajita y delgada, una Zaida adulta, en definitiva.»

Siguieron las pisadas, aún de la mano, hasta la puerta, pintada hacía poco del mismo color que el nidal. Juliette levantó la otra mano y llamó. La puerta se abrió enseguida: ¿las habían visto desde una de las ventanas bajas a ambos lados de la entrada? Probablemente. Pero la mujer que apareció en la entrada no se parecía en nada a la que Juliette había imaginado: pelirroja, con curvas generosas, llevaba un gran poncho de rayas y unas pequeñas gafas redondas con montura metálica sobre la nariz. Sin hacer caso a Juliette, se agachó y tendió las dos manos hacia su hija; la niña se quedó inmóvil y seria un instante, luego se inclinó y apoyó la frente, solo un segundo, en los dedos unidos. Quizá murmuró una palabra que Juliette adivinó, aunque en realidad no la escuchó.

«Muerto.»

Por la carretera pasó un camión, y los vidrios de las ventanas temblaron con un ruido cristalino. De repente Juliette volvió a ver a Solimán ante la cafetera que se había fabricado, entrechocando las tazas mientras el intenso aroma del café se extendía entre los libros.

— او خوشحال کن [*] —murmuró Firuzeh.

Juliette no entendió, por supuesto, que aquellas palabras se dirigían a ella, o quizá a Zaida y a ella, como no supo que estaba llorando hasta que sintió las lágrimas resbalándole por el cuello y mojándole la bufanda, la azul, su preferida.

Bebieron té, encendieron la chimenea y se sentaron en los cojines esparcidos alrededor. Firuzeh sujetaba un matamoscas con el que repelía las chispas que salían despedidas de los troncos al fondo de la chimenea. Zaida aplaudía cada vez. Juliette dejaba resbalar la miel por el mango de su cucharilla, observaba el oro líquido tornasolarse de escarlata y de verde, en función de las

[*] «Ahora es feliz.»

llamas, que brincaban o se desvanecían en la leña partida.

Una vez más.

Y otra.

—No quise marcharme de mi país —dijo de repente Firuzeh—. Allí estaban mis padres, que se hacían mayores. Y además nunca les había gustado Solimán. Para ellos era un hombre de papel, ¿me entiende? No existía de verdad. «No sabemos lo que tiene en la cabeza», decía mi padre. Yo lo sabía, bueno, creía saberlo. Su amor por mí, por nuestra hija, por las montañas, vivíamos al pie de las montañas, y por la poesía. Bastaba para colmar una vida, ¿no cree? —No esperaba respuesta. Murmuraba atizando las brasas—. En fin, lo creía porque me convenía. Para mí, la poesía… es demasiado complicado, un camino tortuoso que a veces no lleva a ninguna parte. Prefiero las imágenes y los colores. En el fondo quizá es lo mismo. Solimán y yo no dejábamos de discutir sobre el tema, y me agotaba. Le decía: la vida no es una almendra, no encontrarás lo mejor quitándole la cáscara y la piel. Pero él se empecinaba. Era así. Salía cada vez menos, se quedaba todo el día encerrado en una habitación cuya ventana daba al jardín de almendros. Repetía que si miras a menudo las mismas cosas, si las observas con obstinación, pueden darte la clave de lo que somos. Yo no sabía lo que buscaba, lo que quería… —Firuzeh levantó la cabeza. Su negra mirada se quedó inmóvil—. Nunca lo entendí. Y él nunca me entendió a mí. Supongo que a casi todas las parejas les pasa lo mismo. Crees sentir pasión, crees que lo sabes todo, que lo entiendes todo, que lo aceptas todo, y luego llega la primera grieta, el primer golpe, que no se da necesariamente con maldad, no, pero se da, y todo estalla en pedazos… y vuelves a sentirte desnudo y solo, al lado de un extraño que también está desnudo y solo. Es insoportable.

—Él no lo soportó —dijo Juliette en voz baja.

—No.

—Se marchó.

—Sí. Con Zaida. Fui yo la que lo quise así. Ella se llevaba mejor con él que conmigo. Sabía que aquí todo sería más fácil para ella. Y quizá para él.

—¿Por qué al final se marchó?

—Mis padres murieron. Allí ya no me quedaba nadie. Al llegar solo pensaba en una cosa: volver a ver a mi hija. Estuve a punto… y luego… —Bajó sus grandes párpados—. No estaba entera. El exilio es… no sé explicarlo de otra manera. Ya no estaba entera, y no quería imponerle algo así a Zaida. Ese vacío, esa angustia, esa «nada» que no conseguía reducir. Así que esperé. Habíamos vendido unas tierras, no pasábamos apuros. En mi país trabajaba. Era profesora, profesora de francés... Aquí empecé a ilustrar cómics para jóvenes. Es una ayuda. Ese dinero también ayudó a Solimán, al principio.

—Aunque volvió a encerrarse en una habitación…

—Decía que una habitación podía contener un mundo.

—Los libros —murmuró Juliette—. Los libros. Claro.

Y ella también le contó.

23

Juliette llevaba tres días allí, en la casita en la linde del bosque, esperando… aunque ni siquiera ella sabía lo que aguardaba. Solo sabía que aquella espera era una región fría y tranquila, increíblemente luminosa, amplia y vacía; que se hundía en ella sin oponer resistencia, incluso con alivio.

Al principio lloró mucho. Como una niña la primera vez que sufre, como una adolescente en su primera ruptura. Ver una taza de café hacía que se deshiciera en lágrimas, un viejo jersey negro en el respaldo de una silla le arrancaba sollozos. Luego veía la prenda extendida, móvil, cubriendo la silueta familiar, desgarbada, de gestos torpes… aunque era XS, las mangas se habían encogido con los lavados, y Solimán ni siquiera habría podido meter sus largos brazos.

Firuzeh, impasible, la seguía con la mirada y

no intentaba consolarla, salvo llevándole una taza de té tras otra.

—Podría haber sido inglesa, ¿no? —le preguntó Juliette entre dos hipidos, mientras se secaba los ojos con la esquina del chal que Zaida, solícita, le había colocado sobre los hombros—. Los ingleses creen que el té es algo así como una solución para todo. En las novelas de Agatha Christie…

—No las he leído —la cortó Firuzeh en tono alegre—. Ya se lo dije, prefiero las imágenes. Los colores. Los gestos. Lo que acaricia el papel, la piel… —Dejó la taza en la repisa de la chimenea. Le tembló un poco la mano—. Su piel… La piel de Solimán… Era mate, pero no igual por todas partes, con cavidades oscuras, zonas pálidas… un lunar… y la forma de sus muslos… tendría que mostrársela… que dibujarla…

—No —susurró Juliette con la mirada clavada en las puntas de sus zapatos.

Firuzeh alargó una mano hacia ella.

—Juliette… Usted y él… ¿No estaban…?

—No.

—Pero usted llora.

—Sí. No es normal, ¿no es lo que quiere decir? —preguntó de repente en tono agresivo—. Y Zaida no llora. ¿Eso es normal?

Los dedos de Firuzeh se posaron sobre los

de Juliette, quien tuvo la impresión de que un pájaro del bosque acababa de elegirla para descansar y se sintió extrañamente reconfortada.

—Normal. Nunca he entendido lo que significa esa palabra. ¿Y usted?

Como la respuesta se hacía esperar, le acarició el pelo a su hija, que se había acurrucado contra ella, y empezó a canturrear con la boca cerrada. La melodía era sorprendente, a veces grave hasta lo inaudible —solo una vibración de la garganta delataba el sonido que se alojaba en el cuerpo de la mujer—, a veces aguda, fina y tensa como el solo de un niño. Zaida cerró los ojos y se metió el pulgar entre los labios.

Juliette dejó que una última lágrima se secara resbalando por su mejilla y la contempló. Observó los años borrándose de un rostro que sin embargo era tan joven, a la niña convirtiéndose en la recién nacida que posaron en el vientre de su madre el día que nació.

—No sé si es normal —dijo por fin—. Me siento vacía, eso es todo. Mi vida estaba llena de pequeñas cosas. No me gustaban, bueno, en realidad no, pero estaban ahí y me bastaban. Y luego los conocí, a los dos… —Cerró los ojos un instante—. Debería decir a los cuatro. Solimán, Zaida, el hombre del sombrero verde y la mujer que… que también ha muerto. Cada uno de ellos me dio algo, y al mismo tiempo se lo llevaron todo. Ya no queda nada, ¿lo entiende? Soy como una cáscara. Siento el aire que me atraviesa. Tengo frío.

—Tiene suerte —dijo lentamente Firuzeh—. Yo estoy llena de esta niña a la que vuelvo a ver. De su ausencia. De su presencia. De la muerte, que nos ha reunido. Es el final de mi viaje… de momento. Pero no crea que lo lamento.

Se soltó suavemente de los pequeños brazos que la sujetaban, se dirigió a la ventana y abrió las dos hojas. Una bocanada de viento se metió en la sala, y una llamarada azul saltó en las brasas.

—El viento —dijo—, el viento… Salga de aquí, Juliette, vaya a respirar. Vaya a escucharlo. Ha estado demasiado tiempo encerrada entre libros. Como él. Los libros y las personas necesitan viajar.

Zaida no se había despertado. Aunque se movía un poco, como un gatito que se estira en un sueño profundo y ronronea con la caricia de un fantasma querido.

Aun así, llevaba un libro en el bolsillo. Sentía su forma contra ella mientras rodeaba la casa a pequeños pasos.

—El viento —dijo—, el viento… Salga de aquí,
Juliette, vaya a respirar. Vaya a escucharlo.
Ha estado demasiado tiempo encerrada entre
libros. Como él. Los libros y las personas
necesitan viajar.

«Doy pena. Parezco una vieja.»

Burlarse de sí misma le sentaba bien. Tocar la cubierta flexible a través de la tela, también. Era un libro de Maya Angelou, *Letter to my Daughter*, que se había metido en el bolsillo en el último momento, antes de salir. Porque estaba encima de una pila, al alcance de la mano. Porque no era muy grueso, y sus dos bolsas pesaban mucho. (No solía elegir sus lecturas a peso, era una novedad. Pero no necesariamente una mala idea, pensó. Era además una manera de clasificar los libros que no se le había ocurrido, gruesos libros de chimenea o de largas vacaciones sin hacer nada, libros de picnic, libros de relatos para trayectos frecuentes y cortos, antologías para revolotear alrededor de un tema en las pausas, cuando el teléfono deja de sonar, cuando los compañeros se han ido a comer, cuando apoyas los codos en la barra de un bar para tomarte un café doble con un vaso de agua que prolongas hasta haber terminado el texto.)

Durante el trayecto solo lo había hojeado; Zaida no dejaba de llamar su atención sobre una u otra maravilla que veía por el camino: la carpa de rayas rojas y blancas de un circo, un estanque oblongo en el que nadaban patos, una hoguera de hojas en un jardín, cuyo humo ascendía en espiral hasta el sol. Y todas aquellas carreteras, todos aquellos coches que iban a algún sitio, como ellas.

—La gente se mueve, qué locura —dijo—. Todo el tiempo.

En ese momento el dedo de Juliette se deslizó entre dos páginas, y leyó:

> *Soy una mujer negra*
> *Alta como un ciprés,*
> *Fuerte más allá de toda medida,*
> *Que desafía el espacio*
> *Y el tiempo*
> *Y las situaciones,*
> *Acosada,*
> *Insensible,*
> *Indestructible*

No pudo seguir. Por la noche, en el sofá del salón, en el que Firuzeh le había dejado almohadas y un cálido edredón, retomó el delgado volumen. No era un poema de la autora del libro; era de Mari Evans. Mari Evans, cuyo nombre tecleó inmediatamente en un buscador y se enteró —entornando los ojos y agrandando la página que apareció en su smartphone— de que había nacido en 1923 en Ohio, y de que aquel poema, «Soy una mujer negra», se convirtió en una especie de grito de guerra para muchas afroamericanas, entre ellas Maya Angelou. Y esta última también había militado toda su vida por los derechos de las mujeres negras. Michelle Obama dijo que lo que había llevado a una niña negra de los barrios pobres de Chicago a la Casa Blanca había sido la fuerza de las palabras de Maya Angelou.

En su libro, la escritora citaba este poema como ejemplo de la exaltación que surge de la humillación.

Y los últimos versos eran:

Mírame
Y renuĆvate.

24

«No soy negra. No soy alta como un ciprés. No soy fuerte. No soy insensible. Y sin embargo, yo también tengo que enfrentarme a cosas. Así que mirar y renovarme… estaría bien, sí. Pero mirar ¿qué? ¿Y dónde?»

Juliette, con la cabeza levantada, dio una vuelta entera sobre sí misma. Se había puesto una parka beis demasiado larga que le había prestado Firuzeh y se sentía un poco ridícula, como una niña que ha rebuscado en el armario de su madre. La bufanda azul, enrollada dos veces alrededor del cuello, le llegaba hasta la nariz; respiraba el aire puro a través de los puntos que los dedos de su abuela habían tejido uno a uno. De repente visualizaba aquellos dedos con gran claridad: un poco huesudos, con la piel cubierta de aquellas manchas que antes llamaban flores de cementerio, qué horrible imagen. Ahora los dedos de su abuela —y los de Silvia, la mujer del metro, la que decidió abandonar una vida en la que ya no le quedaba nadie a quien tejer bufandas o simplemente trabajar para hacer la vida un poco más feliz— ya no se movían, y aquel movimiento faltaba, Juliette lo sentía, aquella inmovilidad distorsionaba el ritmo del mundo, había que encontrar algo, y deprisa, para reactivarlo.

«Idiota.»

Sentía vértigo y, además, acababa de formular una burrada pretenciosa, pero ¿quién se creía que era? Era infeliz, o mejor estaba decaída, ya antes de que muriera Solimán, no encontraba su sitio, ¿y entonces? Su sitio estaba allí donde la había llevado la vida, no, donde ella había elegido encerrarse, a ras de acera, que en su caso era más propio que decir a ras de suelo. Y ya está.

Y ya está…

Era deprimente. Pero era la realidad.

Siguió avanzando, un poco al azar, apartando las ramas negras y húmedas de un gran sauce, que caían hasta el suelo y le cortaban el paso. Cascos de macetas rodaban bajo sus pies, entre montones de hierba cortada que se había podrido y la pequeña huerta que Firuzeh había empezado a delimitar con cuerdas tendidas con estacas. Había ya una pequeña parcela de rábanos, en una esquina, y de lechugas de invierno. La tierra recién removida parecía rica y negra, tibia, seguramente, si hubiera metido los dedos.

A unos metros de ella, más allá del alambrado oxidado que hacía de valla del jardín, había una especie de cabaña de planchas que se habían puesto grises con el tiempo. El tejado se había hundido y dejaba ver, entre las tablas separadas y rotas en algunas partes, una mancha amarilla brillante. Tan amarilla como la garganta de un colibrí. Como las bolas de mimosa, aterciopeladas, de aroma mareante, que compraba hacía años para su madre, que cada invierno soñaba con Niza y la Costa Azul, pero no quería moverse de la calle de su barrio.

Apoyó la mano en el alambre, ensanchó el hueco de la valla y pasó por debajo rezando para que la parka de Firuzeh no se enganchara en alguna punta. Una vez en el otro lado, saltó una pequeña acequia llena de agua estancada y luego zigzagueó entre las matas de ortigas y los tallos de color cebada, quebradizos, que dudaba que hubieran sujetado una flor alguna vez. Aquella parte del terreno parecía abandonada desde hacía tiempo y debía de haber sido un vertedero:

las patas de una tabla de planchar se alzaban en medio de un montón de bidones de plástico llenos de un líquido negruzco, y paquetes de tela podridos cubrían una escalera plegable coja. Y coronándolo todo, una plancha metida en un antiguo cubo para lavar la ropa, y un sombrero… sí, un sombrero de cotillón, rojo y con lentejuelas, que parecía nuevo.

La puerta de la cabaña estaba bloqueada por varias placas de chapa ondulada, pero un trozo de tabique, a un lado, estaba casi en el suelo. Un toldo verde cubría el vehículo que había dentro, apoyado en cuñas, como durante la guerra, se dijo Juliette, cuando ya no había gasolina. Pero en aquella época no había coches amarillos, ¿no? Sí, evidentemente. (El mundo no era en blanco y negro, pese a lo que había creído al ver por primera vez *La travesía de París*. En su descargo debía de tener seis años.)

Agarró una esquina de la lona y tiró. Varios ladrillos que estaban en el techo del coche cayeron rodando. Dio un paso al lado para evitarlos y volvió a tirar con todas sus fuerzas. El sudor le resbalaba por el cuello y por la espalda. ¿De dónde le venía de repente aquella saña? Juliette ni siquiera sabía si aquel terreno era de Firuzeh, si lo alquilaba… El legítimo propietario podría

Tan amarilla como la garganta de un colibrí.
Como las bolas de mimosa, aterciopeladas,
de aroma mareante, que compraba hacía años
para su madre, que cada invierno soñaba con
Niza y la Costa Azul, pero no quería moverse
de la calle de su barrio.

salir del bosque en cualquier momento con una escopeta de caza cargada y…

La lona se desgarró y cayó lentamente. En la cara interior, el musgo dibujaba mapas de continentes imposibles. Pequeños animales salieron corriendo con un crujido de hojas secas. Ratones de campo, quizá. O gatos. Juliette alteraba un pequeño espacio de vida de costumbres asentadas, el nido pacientemente construido entre los ejes, que quizá alojaba una camada de animalitos rosas y ciegos… No, no era la época. ¿Estaba segura? No tanto. No se puede estar seguro de nada en el campo, cuando se ha pasado tanto tiempo en la línea 6 del metro de París. Solía imaginar la vida de los animales en sus madrigueras como quien ha adquirido todos sus conocimientos viendo *Alicia en el país de las maravillas* en versión Disney.

Volvió a tirar, cayeron varios ladrillos más, y al fin apareció ante ella, inofensivo y apetecible como un juguete grande, aunque mucho más sucio.

Un minibús.

Amarillo.

—¿Es suyo?

Juliette acababa de irrumpir, sin aliento, en el taller, donde Firuzeh estaba construyendo un tótem con Zaida. Habían superpuesto varios trozos de madera, troncos partidos, tiernos y rosas por dentro, y derramaban por encima chorros de pintura de diferentes colores.

—Luego —explicó Zaida— le haremos los ojos con plastilina. Y las cejas. Y la boca, para que pueda palabrar. —Repitió dos o tres veces la última palabra, buscando la admiración de Juliette—. «Palabrear», qué bonito. ¿La conocías?

La chica negó con la cabeza.

—Eres muy sabia.

Zaida hizo una mueca de modestia y giró el tronco que sujetaba con las dos manos manchadas. Un riachuelo carmín se extendió por la madera.

—La madera sangra —canturreó—, va a morir.

Firuzeh le dio un golpecito en el hombro.

—El árbol murió cuando lo cortaron. Pero este trozo seguirá vivo.

—¿Por qué?

—Por las palabras y los deseos. Mira, cuando hayamos juntado estos dos troncos, habrá un hueco aquí, justo en la junta. Cuando estés triste o desees algo, podrás escribirlo en un trozo de papel y meterlo dentro. Mi abuelo me enseñó a hacerlo.

—¿Y luego qué pasa?

Firuzeh levantó la cabeza, y su mirada se cruzó con la de Juliette.

—La madera se lo come todo. Las desgracias, las esperanzas, todo. Las guarda en un sitio seguro. Nos deja las manos libres para liberarnos de ellas o cumplirlas. Depende de lo que le entregues.

—Bueno —intervino de repente Juliette—, ¿es suyo?

La mujer no pareció sorprendida; se tomó su tiempo para cerrar los botes de pintura del estante y se giró hacia la ventana. Detrás de los cristales mugrientos se adivinaban los colores muertos del terreno baldío, la cabaña y su silueta curvada, apenas perceptible entre la niebla.

—Sí. Bueno, no —contestó—. Es suyo. Si lo quiere.

25

—De verdad quiere hacerlo.

No era una pregunta. Léonidas, sentado en el sillón de Solimán y rodeado de una nube de humo, como siempre, solo quería asegurarse de que había entendido bien el discurso precipitado y entrecortado que Juliette acababa de soltarle.

—La idea es buena, ¿no? Nunca he conseguido lo que Solimán les pedía que hicieran: seguir a alguien, observarlo de cerca para saber qué libro necesitaba, el que le devolvería la esperanza, o la energía, o la ira que le faltaba. Así, llevaré muchos libros en el minibús, iré a pueblos y me tomaré tiempo para conocer a la gente, al menos un poco. Será más fácil. Aconsejarles, quiero decir. Encontrar el libro adecuado. Para ellos.

El hombre del sombrero verde —que siempre descansaba en lo alto de su cráneo— se quitó la pipa de la boca y observó pensativo el hornillo.

—¿Es tan importante para usted lo que Solimán quería? ¿Nunca ha pensado que sencillamente estaba loco… y nosotros también? ¿Nos ve así, como… una especie de médicos del alma, o de visitadores médicos que van de un lado a otro con su maletín de medicamentos?

—Bueno…

¿Cómo decirle que sí, que era algo así? ¿Que había acabado creyendo, no, estando segura de que dentro de los libros se ocultaban todas las enfermedades y a la vez todos los remedios? ¿Que en ellos encontrábamos la traición, la soledad, el asesinato, la locura, la rabia, todo lo que podía agarrarte del cuello y destrozarte la vida, por no hablar de la vida de los demás, y que a veces llorar sobre páginas impresas podía salvarle la vida a alguien? ¿Que encontrar a tu alma gemela en medio de una novela africana o de un cuento coreano te ayudaba a entender hasta qué punto las personas sufrían por las mismas cosas, hasta qué punto se parecían, y que quizá era posible hablarlo —sonreírse, acariciarse, intercambiarse señales de reconocimiento, las que sean— para intentar no hacerse tanto daño en el día a día? Pero Juliette temía ver en el rostro de Léonidas una expresión condescendiente, porque sí, todo aquello era psicología barata.

Sin embargo, lo creía.

Así que esperó en la esquina la grúa de Dourdan-la-Forêt, pagó sin rechistar la desorbitada cantidad de dinero que le pidió el conductor y presenció cómo descargaba el minibús, que de momento más parecía chatarra y no tenía nada que ver con la pequeña bola de sol que había creído ver brillar en la cabaña destartalada, entre la magia engañosa de la confusión.

Llamó al taller más cercano —esta vez no estaba dispuesta a arruinarse con los gastos de desplazamiento—, pidió un presupuesto, volvió a hacer una mueca, subió al desván a coger los últimos botes de pintura amarilla, compró detergente y se puso manos a la obra.

Léonidas había sacado una silla de jardín delante de la puerta de cristal del despacho y la observaba. De vez en cuando le llevaba un cruasán de almendras y un café instantáneo —habían renunciado definitivamente a poner en marcha la máquina de Solimán—, asentía compungido y volvía a sentarse. Ya no llegaban pasantes, debían de haber circulado rumores, corrían más deprisa aún que los libros, sus palabras no cargan con el peso de lo impreso, sufren cambios,

Juliette, frotando el capó cubierto de moho, se preguntaba si acaso la historia del mundo tal como la conocía no sería más que un inmenso rumor que algunos se habían tomado la molestia de poner por escrito, y que nunca dejaría de modificarse.

El caso es que estaban solos.

Con sus fantasmas.

Y el minibús, que se quitaba de encima la piel muerta como una serpiente enganchada a un arbusto. Que volvía a brillar. Que parecía ocupar cada vez más espacio en el pequeño patio.

—Es muy grande —farfullaba Léonidas, aunque con cierta admiración—, ya no pasará por la puerta. ¿Y ahora qué hacemos?

Juliette estaba de pie a su lado, orgullosa de su obra, luchando por quitarse los guantes de goma. La carrocería seguía siendo amarilla, de varios amarillos diferentes, porque había tenido que comprar más pintura y hacía mucho que la moda del «amarillo botón de oro» había cedido el protagonismo al «amarillo canario» y al «amarillo pomelo». Quedaba también algo del color original en el capó, donde la carrocería había estado más protegida. Lamentaba que Zaida no estuviera allí para pintar flores en las puertas, como había hecho en la habitación en la que Solimán le había propuesto instalarse hacía unas semanas. Pero Zaida no volvería al almacén. De momento no. Léonidas viviría allí, su jubilación, aclaraba con humor, y así no tendría que pagar alquiler. Quería volver a formar la red de pasantes, seguir, en definitiva, y también…

—Los barcos necesitan un puerto —dijo aquel día observando el minibús recién pintado—. Y esto es un barco. No un velero de carreras, vale, no es estilizado, incluso es más bien rechoncho. Parece un juguete. Me recuerda a esa canción de los Beatles, ¿sabe?, «Yellow Submarine». Deberíamos llamarlo así, si no tiene inconveniente, claro.

Juliette se echó a reír.

—¿Conoce a los Beatles?

—Evidentemente. Los conocería aunque tuviera cien años. La que no pertenece a su época es usted, Juliette, no yo. Y está muy bien así. No le diré que siga siendo como es porque usted quiere lo contrario. Pero conserve esa parte de… No cabe duda de que envejezco, olvido las palabras. No encuentro lo que es.

—Yo tampoco —murmuró la chica.

Le sonrió. Una sonrisa un poco triste, aunque llena de bondad.

—En el fondo, mejor.

—¿Conoce a los Beatles?

—Evidentemente. Los conocería aunque tuviera cien años. La que no es de su época es usted, Juliette, no yo. Y está muy bien así.

26

Se marchó una mañana lluviosa, y no era lo que había previsto ni imaginado: el minibús amarillo —el *Y. S.*, como lo llamaba ahora para abreviar— parecía triste entre las paredes mojadas, bajo las nubes de un gris deprimente que rozaban los tejados. Había pasado casi una semana eligiendo los libros que iba a apretujar entre los estantes fijados a las paredes de chapa.

—Volveré de vez en cuando a llenarlo —dijo Juliette.

Se rio, y Léonidas también, que añadió:

—La gente le llevará libros en los lugares en los que se detenga. Los que no quieran, seguramente.

—O al contrario, los que les gusten más… ¡No sea tan pesimista! ¿No vale más dar un libro que nos gusta?

Léonidas, indulgente, asintió con la cabeza.

—Eso seguro. Pero creo que se hace demasiadas ilusiones, Juliette.

Ella se quedó un instante en silencio, pensativa, quizá triste; luego concluyó:

—Tiene razón. Pero en el fondo lo prefiero. Seguir siendo un poco tonta.

Tras una larga charla, decidieron, para aquel primer viaje, renunciar a las series, porque Juliette no estaba segura de querer volver a pasar por determinado pueblo para dejar el tomo 2, 3 o 12. Quería mantener su libertad, aquella preciada libertad cuyo aprendizaje empezaba en aquel momento. Proust se quedaría provisionalmente en el almacén, y también Balzac, Zola, Tolkien, los libros de Charlotte Delbo, aunque le gustaban mucho, las *Leyendas de los Otori*, de Lian Hearn, y la edición completa de los *Diarios* de Virginia Woolf, los tres volúmenes de *Dina*, de Herbjorg Wassmö, las *Historias de San Francisco*, de Armistead Maupin, *Darkover*, de Marion Zimmer Bradley, *1Q84*, de Haruki Murakami, *El hombre sin atributos*, de Robert Musil, y todas las grandes sagas familiares que no podían sujetarse en la palma de una mano. Quedaban los solitarios, los gruesos, los delgados, los medianos, los que tenían el lomo agrietado a fuerza de abrirlo y a veces haberlo olvidado abierto en una mesa o un sofá, los raros, cuya encuadernación aún olía a cartón y a cuero nuevo, y los forrados, como los libros del colegio antaño, Juliette aún recordaba aquellos plásticos rebeldes que no querían quedarse en su sitio, que encorsetaban el lomo del libro y te dejaban las manos húmedas.

También en este caso había que elegir. No era más fácil que clasificarlos.

—Me pregunto…

Sentada en una caja llena de novelas de bolsillo, Juliette se mordisqueaba el labio —todas las protagonistas de novelas románticas lo hacían— con el ceño fruncido.

—En el fondo, el *Y. S.* no es una biblioteca ambulante. Hay un montón de ellas. Así que no tengo que ocuparme de tener libros para todos los gustos, todas las edades y todos los ámbitos de interés de los lectores… ¿O sí? ¿Qué piensa usted, Léonidas?

—Nada.

—¿Cómo que nada?

Léonidas, que hojeaba su querida obra sobre los insectos —la llevaba consigo a todas partes, en su maletín—, lanzó una mirada seria a Juliette por encima de sus gafas de media luna.

—¿Por qué debería tener opinión sobre todo? Mi elección sería necesariamente diferente de la suya. Y en este momento, la que importa es la suya.

—Pero también debo tener en cuenta lo que les gusta a los lectores —se obstinó Juliette.

—¿Usted cree?

—Sí.

—Entonces vuelva al metro y tome notas. Ya lo ha hecho, ¿no?

Juliette asintió con la cabeza. Sí, había empezado una especie de lista, sobre todo de repeticiones. Libros que veía en varias manos, varias veces esa semana.

—Pero no son necesariamente los mejores —argumentó Juliette—. No voy a jugar al juego del... del marketing editorial.

Léonidas encogió los hombros, paseó amorosamente su lupa por una página en color en la que se veía la *Empusa pennata* y examinó las antenas bipectinadas, que parecían trocitos de madera seca.

—Se necesita de todo para hacer un mundo —dijo plácidamente—. También un mundo de libros.

Aquellos trayectos tuvieron un regusto a despedida. Más que títulos de novelas, Juliette reco-

—Se necesita de todo para hacer un mundo —dijo plácidamente—. También un mundo de libros.

gió imágenes, que anotó con amoroso detalle: un fresco en el que no se había fijado hasta entonces, en el que una mujer con tutú saltaba, con las piernas dobladas y los ojos cerrados, ante un paisaje urbano en el que destacaban nubes del color del algodón de azúcar, como si bailara en las estrellas, o cayera, o se elevara en la espiral de un sueño; palomas —palomas hembra, decidió— andando por las marquesinas de la estación Dupleix; la imagen fugitiva de una cúpula dorada; la graciosa curva de la vía justo antes de la estación Sèvres-Lecourbe (¿coincidencia?); un edificio oval, otro redondo como una torta, y un tercero cubierto de placas grises que parecían escamas, en las que, cuando pasaba el tren, temblaban reflejos verdes, azules y violetas; un jardín en una azotea; el Sacré-Cœur a lo lejos, las barcazas agrietando pesadamente el río, otras amarradas, adornadas como jardines con setos de bambú plantados en grandes maceteros y pequeñas mesas, sillas, bancos... Juliette bajaba en casi todas las paradas, cambiaba de vagón, observaba los rostros y esperaba una señal, sin admitirlo: alguien entendería que ella no estaba del todo ahí, que acariciaba recuerdos, le sonreiría, le desearía lo mejor, como en año nuevo, o le diría una frase enigmática que ella tardaría años en entender… pero no pasó nada. Descartó por última vez las escaleras mecánicas, subió los escalones grises, en los que brillaban partículas de mica, y se alejó bajo la lluvia.

Y aún bajo la lluvia, una llovizna persistente, cargó las cajas con los libros que había decidido llevarse, o que se habían colocado solapadamente ante su mirada, no lo tenía del todo claro, y en el fondo no importaba. Si algo había aprendido era que con los libros siempre había sorpresas.

Los estantes que el carpintero de la esquina había instalado (no sin gran cantidad de comentarios burlones) tenían unos codales que se fijaban hacia la mitad de los lomos para que los volúmenes no se cayeran en la primera curva. Una vez llenos, daban a la furgoneta un aspecto estrafalario y cálido.

—Es mejor que el despacho de Solimán —constató Léonidas, sorprendido—. Más… íntimo, por así decirlo.

Juliette estaba de acuerdo: si no hubiera tenido que ponerse al volante, se habría acurrucado allí, debajo de una manta de cuadros, con una taza de té y uno de los muchos libros que forraban las paredes, formando una tapicería de motivos coloreados y abstractos, los rojos y los verdes manzana resplandeciendo entre clásicas cubiertas marfil, amarillo pálido y azul ceniza.

En el espacio que quedaba —más bien reducido—, apretujó todo lo que necesitaba: un futón enrollado, un saco de dormir, la famosa manta, varios taburetes plegables, una cesta con tapa con algo de vajilla y varios utensilios de cocina, un pequeño hornillo de camping y algunas provisiones no perecederas. Y una lámpara, claro, para leer por las noches. Una lámpara que colgaría de un gancho y que se balancearía proyectando sombras en movimiento sobre los libros alineados.

Léonidas se preocupaba por ella; una mujer sola por las carreteras... Juliette veía los titulares de sucesos varios bailando en sus ojos arqueados mientras la imaginaba descuartizada bajo un matorral o violada al fondo de un aparcamiento. Estaba allí, de pie ante ella —a pocos minutos de que se marchara—, con los brazos caídos y la expresión triste. Ella metió debajo del asiento del conductor su botiquín, se giró y lo abrazó.

—Tendré mucho cuidado. Se lo prometo.

—Ni siquiera sabe adónde va —se lamentó Léonidas en un tono que ella nunca le había oído.

—¿Importa tanto? ¿Usted cree?

La abrazó con torpeza. ¿Cuánto hacía que había perdido la costumbre de hacer aquellos gestos cariñosos?

—Quizá. Es una tontería, lo sé. Pero me tranquilizaría. —De repente se le iluminó el rostro—. Espere. Solo un segundo, por favor, Juliette.

Se giró y se dirigió al despacho casi corriendo. Juliette lo esperó sin dejar de moverse. La angustia le formaba un nudo en el estómago, aunque ahora tenía prisa por acabar con la despedida, prisa por hacer rugir el motor y rodar por las calles grises, sin saber hacia dónde.

Léonidas volvió con el mismo aspecto saltarín. Su impermeable formaba un bulto extraño en la barriga. Al llegar a su lado, sin aliento, metió una mano debajo de la tela y le tendió tres libros.

—El primero es de parte de Zaida —le explicó—. Casi lo olvido, lo siento mucho. Se habría enfadado conmigo.

Era un ejemplar de *Precisamente así*, de Kipling. Juliette lo hojeó, conmovida: la hija de Solimán había recortado cuidadosamente las ilustraciones y las había sustituido por dibujos suyos. Un cocodrilo violeta tiraba de la trompa de una cría de elefante con grandes ojos asustados y patas demasiado gordas, una ballena con ojos rasgados surgía del mar, un gato con la cola levantada se alejaba hacia el horizonte, donde desaparecía algo que parecía un pequeño camión amarillo.

—«Soy el gato que camina solo, y lo mismo me da un sitio que otro» —murmuró Juliette con un nudo en la garganta—. ¿Así me ve? ¿Usted cree?

—¿Y usted?

Sin esperar a que contestara, le quitó de las manos el libro de cuentos. Juliette contuvo la respiración: reconocía el segundo libro. Lo había visto muchas veces sobre las rodillas de la mujer de rostro dulce, de Silvia, la que había decidido desaparecer, no seguir meciendo sus recuerdos, no seguir recordando las alegrías perdidas ni las heridas ocultas.

Un libro de cocina, escrito en italiano, desgastado, tachado y muy usado.

—Me he arrepentido tanto de no haber hablado nunca con ella —dijo Léonidas en voz baja—. Habríamos podido envejecer juntos. Darnos alegrías mutuamente. No me atreví. Me lo reprocho. No, no diga nada, Juliette. Por favor.

Su labio inferior temblaba un poco. Juliette se quedó inmóvil. Él tenía razón. No decir nada, no moverse. Dejar que fuera hasta el final.

—Solimán me habló un poco de ella —siguió diciendo—. Ya no tenía familia, aparte de un sobrino, en Italia. En Lecce. Al sur de Brindisi… casi en el extremo sur de Italia. Una vez le dijo que lo único que podía dejar en herencia era aquel libro. Que entre aquellas páginas estaba toda su juventud, y su país, los colores, las canciones, también las penas, los duelos, las risas, los bailes y los amores. Todo. Bueno… no me atrevía a pedírselo, pero… me gustaría…

Juliette lo había entendido.

—¿Que se lo lleve?

—Sí. El último —se apresuró a aclarar— es un manual de conversación francés-italiano. Lo encontré ayer en un cajón del escritorio de Solimán. Quizá pensaba ir a Lecce él mismo; nunca lo sabremos. Y el quiosco de la esquina tiene mapas. Puedo ir a buscar alguno, si quiere.

—¿Tan seguro está de que voy a decir que sí? ¿Y cómo voy a reconocer a su sobrino? ¿Sabe al menos cómo se llama?

—No. Pero sé que tiene un pequeño restaurante cerca de la via Novantacinquesimo Reggimento Fanteria. Es un poco largo, lo sé, así que se lo he apuntado.

—¡Debe de haber decenas de restaurantes! —exclamó Juliette.

Bajó los ojos hacia la cubierta descolorida. Verduras, el pimiento rechoncho. El queso con las muescas de la hoja de un cuchillo. Y al fondo, difuminados, una colina, un olivo y una casa. Recordó que podían sentirse deseos de entrar en el paisaje de un libro. De quedarse allí. De empezar allí una nueva vida.

—Lo reconoceré —aseguró de repente.

—Sí —repitió Léonidas—. Lo reconocerá. Estoy seguro.

Epílogo
Juliette

Por última vez —al menos la última vez de aquel año, no veía más allá— recorría la línea 6. Pero no en metro. El *Yellow Submarine* avanzaba junto al viaducto de la parte de la línea que circula por la superficie, a la misma velocidad que un metro que había salido de la estación Saint-Jacques en el momento en que yo arrancaba en un semáforo. En Bercy volvería a meterse bajo tierra, y yo giraría a la derecha, hacia la avenida Général-Michel-Bizot, para llegar a la entrada de la autopista A6. Pensaba ir en autopista hasta Mâcon; allí saldría definitivamente de las vías principales y bajaría hasta Lecce por las carreteras más pequeñas posible. No sabía cuánto tiempo me llevaría ese viaje, y me alegraba de antemano. Había alquilado mi estudio cuando me instalé en casa de Solimán, así que tenía algo de dinero para llenar el depósito y comprar comida… para lo demás ya me las apañaría. Llevaba un bidón y una bolsa llena de ropa, un impermeable y botas, el manual de conversación francés-italiano de Léonidas y el regalo de Zaida, y libros, muchos libros.

Tenía también nombres danzando en mi cabeza: Alessandria, Florencia, Perugia, Terni, y uno que siempre me hacía reír porque no podía evitar pensar en el único juego de mesa al que jugaban mis padres: Monopoly. Cada día tiraría los dados para avanzar unos kilómetros, pero no me limitaría a recorrer un tablero y a pasar una y otra vez por las mismas casillas, avanzaría, avanzaría de verdad. ¿Hacia dónde? Ni idea. Después de Lecce quizá iría hasta el mar. Luego volvería a subir la bota por otra carretera, iría hacia los grandes lagos y hacia el este. O hacia el norte. El mundo era absolutamente inmenso.

De repente recordé una noche con Zaida, casi la última antes de que nos marcháramos del almacén. Ella llenó de agua un cuenco de vidrio y lo dejó en la mesa de la cocina, encendió todas las luces de la sala y cogió una pipeta.

—Mira —dijo.

Se parecía muchísimo a su padre cuando en sus ojos brillaba aquel destello singular, el del mago que va a convertir la ilusión en maravilla y te hará reflexionar sobre la realidad de lo que ves. Se parecía tanto que volví a sentir lágrimas en los ojos, una oleada subiéndome desde el estómago y atascándose en la garganta. La contuve con todas mis fuerzas.

La niña sumergió la pipeta en el agua y luego la alzó hacia la bombilla de la lámpara que colgaba por encima de la mesa.

En el globo líquido, que se extendía lentamente, capturó toda la sala: la ventana y sus cuatro cristales de luz agonizante; el baúl cubierto con un tapete rojo; el fregadero, del que sobresalía el mango de una cazuela; la gran foto clavada con chinchetas en la pared, en la que se veía un almendro inclinado bajo una tormenta, con las flores arrancadas, volando como ángeles minúsculos o vidas sacrificadas.

—El mundo es muy pequeño... Es una pena que no podamos conservar gotas de todo lo hermoso que hemos visto. Y de las personas. Me gustaría mucho, las guardaría en... —Zaida se interrumpió y negó con la cabeza—. No, esas cosas no se pueden guardar. Pero son bonitas.

—Sí. El mundo es muy bonito... —susurré.

Y me aplasté disimuladamente con un dedo la esquina del párpado—. ¡Maldita humedad!

El mundo me parecía una muñeca rusa: yo estaba en el minibús, que era en sí mismo un pequeño mundo y que circulaba por el inmenso mundo, que sin embargo era muy pequeño. Detrás de mí, sentados directamente en el suelo, estaban una mujer de rostro dulce y cansado, un hombre cuyos brazos demasiado largos sobresalían de las mangas demasiado cortas de su jersey negro, una niña que se reía, embutida en su vestido de volantes, y también mi madre, nerviosa... yo iba a abandonar definitivamente la zona de seguridad que ella había trazado para mí. Estaban todos los hombres a los que había creído amar, y todos mis amigos de papel, pero ellos alzaban copas de champán y vasos de absenta, eran poetas sin blanca y alcohólicos, soñadores tristes, enamorados, personas poco recomendables, como habría dicho mi padre (no será necesario que diga que la última vez que fui a verlo no fue muy bien). Mi familia.

Varios cientos de metros más allá tuve que dejar el metro al que seguía para pararme ante un paso de peatones. Vi desfilar a todos los desconocidos con los que debía de haberme cruzado al menos una vez en el metro, a algunos los reconocía por el bastón, por la manera de levantarse el cuello del abrigo hasta las gafas o por la mochila que balanceaban entre los omóplatos al ritmo de los brincos del vagón.

Y luego la vi. A ella, la lectora de novelas románticas, la chica de bonitos pechos ceñidos en jerséis de cuello alto, verde musgo, rosa pálido y mostaza con miel. La que siempre se echaba a llorar en la página 247. La página en la que todo parece perdido.

«Es el mejor momento», había dicho Solimán.

A mí me daba la sensación de haber pasado la página 247… aunque no mucho. Solo un poco. Lo bastante para saborear la sonrisa resplandeciente de la chica que llevaba bajo el brazo una novela enorme, de unas cuatrocientas cincuenta páginas, a ojo de buen cubero.

Justo antes de cruzar la dejó en un banco. Sin mirarla. Y luego echó a correr. Una repentina idea la lanzó como un torbellino, deprisa, deprisa, debía correr para alcanzarla.

Los conductores, detrás de mí, empezaban a impacientarse, pero yo seguía sin arrancar. No podía apartar los ojos del canto del libro, del que sobresalía un punto de lectura de cartón rígido y blanco, biselado.

Encendí las luces de emergencia y me paré junto a la acera, a la izquierda. Tres o cuatro coches me adelantaron en un ensordecedor concierto de pitidos y de insultos a gritos procedentes de ventanillas que habían bajado precipitadamente. Ni siquiera giré la cabeza, no me apetecía lo más mínimo ver ojos furiosos y bocas torcidas. Que corrieran. Yo tenía todo el tiempo del mundo.

Salí del *Y. S.* y me dirigí al banco. No miré el título de la novela. Lo que me intrigaba era el punto de lectura. Metí el dedo entre las páginas. Página 309.

> *Manuela apoyó la frente en la tela sedosa de la americana.*
> *—Estoy muy cansada —susurró.*
> *Los grandes brazos la rodearon.*
> *—Ven —le dijo al oído la voz que cada noche oía en sus sueños.*

«Ven.» Alterada, cerré la novela, con el pequeño rectángulo dentro. La lectora de la línea 6 había abandonado su lectura antes del final, quedaba casi un tercio de la historia, muchas peripecias, abandonos, traiciones, regresos, besos, abrazos tórridos y quizá una última escena en la

«Es el mejor momento», había dicho Solimán. A mí me daba la sensación de haber pasado la página 247… aunque no mucho. Solo un poco.

cubierta de un paquebote rumbo a América, con dos siluetas en proa, una risa que se lleva el viento, o bien el silencio, porque la felicidad puede abrumar tanto como una pérdida irreparable.

Escribía ya mentalmente el final del libro, quizá por eso estaba ahí, en aquel banco, para que yo me apoderara de él, u otra persona, para que lo llenara de sueños románticos que nadie se atreve a confesar, historias que se devoran en secreto, con cierta vergüenza, pero a ella no le daba vergüenza, ella había llorado muchas veces delante de mí, en el metro, y ahora corría por la calle, hacia quién, hacia dónde, nunca lo sabría, y había dejado su libro allí.

Apoyé la mano en la cubierta. Estaba ya un poco mojada. Esperaba que alguien lo descubriera antes de que la humedad penetrara en las páginas. No iba a llevármelo. De momento había decidido dar, no coger. Cada cosa a su tiempo.

El minibús estaba ahí, me esperaba. Apretaba con fuerza las llaves en la mano izquierda.

Antes de girarme hacia él, me incliné y retiré el punto de lectura, que me metí debajo del jersey, contra la piel. El bisel me pinchó el pecho, y me gustó aquel pinchazo, aquel pequeño dolor.

Sabía que iba a acompañarme. Durante mucho tiempo.

Las citas del capítulo 7 están tomadas de:
La Odisea, canto XIV
Violette Leduc, *L'Affamée*
Thomas Hardy, *Tess, la de los d'Urberville*
Marie NDiaye, *Tres mujeres fuertes*
Sandrine Collette, *Il reste la poussière*

Aquella primera mañana, Juliette viajaba en compañía de:

El palacio de hielo, de Tarjei Vesaas
Los búhos no lloran, de Janet Frame
El maravilloso viaje de Nils Holgersson, de
    Selma Lagerlöf
Mi hermano y su hermano, de Håkan Lindquist
Sula, de Toni Morrison
Fin de viaje, de Virginia Woolf

El juego de los abalorios, de Hermann Hesse

Mujer de barro, de Joyce Carol Oates

La montaña mágica, de Thomas Mann

El nacer del día, de Colette

La Semaison, de Philippe Jaccottet

La Voix sombre, de Ryoko Sekiguchi

La especie humana, de Robert Antelme

L'Offense lyrique, de Marina Tsvietáieva

Las amistades peligrosas, de Choderlos de Laclos

Comme un vieillard qui rêve, de Umberto Saba

Yo sé por qué canta el pájaro enjaulado, de
    Maya Angelou

Cien años de soledad, de Gabriel García
    Márquez

Los hermosos años del castigo, de Fleur Jaeggy

Laura Willowes, de Sylvia Townsend Warner

*La sociedad literaria y el pastel de piel de patata
    de Guernsey*, de Mary Ann Shaffer y Annie
    Barrows

El libro de arena, de Jorge Luis Borges

El libro de la almohada, de Sei Shonagon

Nedjma, de Kateb Yacine

Amargos, de Saint-John Perse

Entrevista con el vampiro, de Anne Rice

Chroniques du pays des mères, de Élisabeth
    Vonarburg

Suspicious River, de Laura Kasischke

Rayuela, de Julio Cortázar

El día antes de la felicidad, de Erri de Luca

Un petit cheval et une voiture, de Anne Perry-Bouquet

La Souffrance des autres, de Val McDermid

Hielo, de Anna Kavan

Les Pierres sauvages, de Fernand Pouillon

La campana de cristal, de Sylvia Plath

Antigone, de Henry Bauchau

El pabellón de oro, de Yukio Mishima

El tiempo de nuestras canciones, de Richard Powers

Mujeres que corren con los lobos, de Clarissa Pinkola Estés

Les Amantes, de Jocelyne François

Gare du Nord, de Abdelkader Djemaï

Milena, de Margarete Buber-Neumann

Cartas a un joven poeta, de Rainer Maria Rilke

Vagabond de la vie, autobiographie d'un hobo, de Jim Tully

Bartleby, el escribiente, de Herman Melville

País de nieve, de Yasunari Kawabata

Pregúntale al polvo, de John Fante

Dalva, de Jim Harrison

Journal, de Mireille Havet

Los soles de las independencias, de Ahmadou Kourouma

Esta lista, por lo demás muy incompleta, pero era imposible citar todos los libros embarcados a bordo del *Y. S.*, se reproduce como se elaboró, totalmente desordenada y con la ayuda de compañeros fieles (a los que de paso quiero dar las gracias). Es lo que da encanto a muchas bibliotecas. Podéis añadir vuestras preferencias, vuestros descubrimientos, todos los que recomendaríais a un amigo o a vuestro peor enemigo, para que deje de serlo, si la magia funciona.

O a la persona que se siente a vuestro lado en el metro.

Título original: *La fille qui lisait dans le métro*

Primera edición en Debolsillo: enero de 2018

© 2017, Éditions Denoël
© 2018, Penguin Random House Grupo Editorial, S. A. U.
Travessera de Gràcia, 47-49. 08021 Barcelona
© 2018, Noemí Sobregués, por la traducción
© 2018, Nuria Díaz, por las ilustraciones

Printed in Spain – Impreso en España

ISBN: 978-84-663-4258-2
Depósito legal: B-22.925-2017

Compuesto en M. I. Maquetación, S. L.

Impreso en Limpergraf
Barberà del Vallès (Barcelona)

P 3 4 2 5 8 2

Penguin
Random House
Grupo Editorial